视频书
vBook

最美逆行者

2020

国家卫生健康委员会宣传司 编

人民出版社

出 版 说 明

新冠肺炎疫情发生以来，广大医务工作者响应党中央号召，不顾个人安危，英勇奋战在抗击疫情最前线，践行着"敬佑生命、救死扶伤、甘于奉献、大爱无疆"的崇高精神，守护着人民群众的健康安全。这其中，来自全国各地的医务人员听从祖国召唤，主动请缨，义无反顾地驰援湖北。他们牢记护佑生命的初心，肩负与时间赛跑、与疫情搏斗的使命，以铁的担当和家国情怀，展现了白衣天使的非凡风范，被誉为"最美逆行者"。

为众人抱薪者，为人民所铭记。为弘扬他们的崇高精神，传颂他们的突出事迹，鼓舞斗志，增强全国人民战胜疫情的决心和信心，我们与人民出版社共同组织编写了本书。本书以人物记述为主，分为逆行·出征、抗"疫"·战斗、誓言·心声三个篇章，以纪实的方式记录了援鄂医疗队踏征程、战一线的故事。本书为视频书，选取植入了近二十个相关视频，与文字图片一起，立体还原了战"疫"一线的惊险与艰辛、大爱与真情。

这是一部在特殊时期特别编辑的作品。书中的故事主要由2月7日前新华社、人民日报、健康报等30余家新闻媒体及其网络的报道选编而成，各地医疗队驰援湖北的情况，也仅以能收集到的公开报道为基础进行选取。由于时间等所限，本书只收录了全国各地援鄂医疗队无数感人故事中的一小部分，是全国参与疫情防控医务工作者的一个缩影，展现出的是这个伟大群体共有的精神与风范，让我们向他们致敬。在此也要感谢从事相关报道的新闻工作者，传递给我们感动、振奋和力量。愿在全社会的握指成拳、勠力同心下，疫情的阴霾早日散去，春暖花开的明天早日到来！

国家卫生健康委员会宣传司

2020 年 2 月 18 日

CONTENTS

二、抗"疫"·战斗

三、誓言·心声

一、逆行・出征

上海首批医疗队除夕夜出征

"我的大学同学绝大多数在武汉的四大医院急诊 ICU，武汉现在医务人员紧张，请让我去帮忙，和同学并肩作战。"

"湖北是我的家乡，支援家乡，我责无旁贷；身为医护人员，在此疫情面前使命所在，义无反顾。"

除夕夜（1 月 24 日）注定是一个不眠夜，除夕夜的虹桥机场注定无眠，一架带着特殊使命的航班即将起飞——上海首批医疗队受命正式出发。

除夕夜的虹桥机场，上海医务人员从多路赶来集结

上海重症医学专家多路集结，奔赴一线

　　上海市第一人民医院郑军华副院长即将带领上海第一批医疗队员奔赴前线救援，该医院出征的呼吸科周新主任任医师组组长，还有急诊危重病科的男护师张明明。

　　上海市第一人民医院呼吸科主任周新经历过 SARS、H7N9 的防控工作，有着丰富的"作战"经验。周新对此次新型冠状病毒防疫工作有信心："完全不用害怕，我们肯定能打胜仗。"他认为，最主要的还是防控，一个是救治患者，一个是防止再传染，同时医护人员防护自身也是非常要紧的，不要造成二次传播，这就是主要工作。

　　"来不及吃年夜饭咯，估计看上一眼。"17 时 58 分，上海瑞金医院重症医学专家、瑞金医院北院重症医学科主任陈德昌教授要准备出发了。57

穿上医院准备的出征服，两名医务人员将暂别上海瑞金医院，奔赴武汉疫情一线

岁的陈德昌是上海首批支援武汉的医生之一。下午3时，结束行前培训的他，准备回家和家人吃一顿简单的年夜饭，如今宴席还没摆好，要出征了。"之前驰援外地，也都没太多时间准备，我们这个行业职责所在，习惯了。"陈德昌毕业于上海第二军医大学，他与爱人都是军人出身。他说，在国家人民有难之际，挺身而出是天职。

"医院领导十分重视，这次的培训主要是告诉我们如何采取防护措施，避免自身被病毒感染。"陈德昌说，尚不知会支援武汉哪家医院，但作为重症医学专家，他和同事们的战场就是"医院ICU"，预计会参与重症病人的抢救。考虑到武汉目前防护设施设备紧缺，陈德昌表示，他与同事将尽其所能携带物资支援武汉。

瑞金医院呼吸监护护士沈虹是陈德昌的同行者。决定出征武汉前，她给母亲打了一个电话——两年前，父亲去世后，母亲是她唯一的依靠。"面对疫情，大家都会害怕，没有绝对的英雄，医生也是平凡人。"沈虹说，打电话给母亲，没想到又增添一分勇气，母亲说，"你放心，妈妈会照顾好自己。"

上海136名医务人员除夕夜紧急驰援武汉

90后上海小伙曾在武汉读书主动请战

除夕出征，对一些人来说，其实是等了很久的消息。比如，仁济医院ICU护士吴文三，出征前，他写下这段话，"湖北是我的家乡，支援家乡，我责无旁贷；身为医护人员，在此疫情面前使命所在，义无反顾"。

在上海岳阳医院，也有三名护士同行整装待发，他们是心内科CCU护士长潘慧璘、老年病科主管护师史文丽、ICU护士顾羚耀。

"我在武汉读了四年大学，对这个城市有深厚感情。"95后上海小伙顾羚耀说。2014 年至 2018 年，他在武汉科技大学护理系读书，毕业后进入岳阳医院 ICU。"我的大学同学绝大多数在武汉的中南、人民、同济、协和四大医院的急诊 ICU，武汉现在医务人员紧张，请让我去帮忙，和我的同学并肩作战，保卫人民群众生命安全和身体健康！我是男生，平时一直健身，体力也好，能扛得住！"小伙说得坚决。

上海岳阳医院 ICU 护士顾羚耀

老年病科主管护师史文丽接到号召医护人员参加支援武汉一线的通知，没有犹豫就报名了。"我说不出什么豪言壮语，说不害怕是假的，但作为医务工作者，我就想贡献自己的一分力。我们只有一起努力，才可能战胜这场没有硝烟的疫战。"

心内科 CCU 护士长潘慧璘则是经历过非典的人。回首 2003 年，潘慧璘记忆犹新："那年和同事一起坚守医院发热门诊，当非典疫情严峻时，党员干部冲在前沿，把安全让给他人，把危险留给自己，让我非常感动，那年，我入党了。如今新型冠状病毒感染的肺炎来势汹汹，我仿佛回到了当年的岁月，我有非典的抗击经验，所以我要上前线，这次轮到我冲在前面。"

"我报名，请让我去！" 30 分钟集结护士"六人行"

上海市第十人民医院骨科康复护士许虹也是首批出征者。1 月 23 日傍晚，十院发出征集前往武汉支援的医护人员通知，名额很快报满，许虹是第一个报名的。有着 20 多年护龄的许虹既在重症监护室服务过，又有呼吸科的工作经历，对此次出征，她说，"武汉需要我，我也有能力，就应该去。"让许虹感动的是，经常光顾的超市老板得知她要去武汉，半夜给她打电话，要给她送口罩。

许虹与家人告别，12岁的女儿规定妈妈一定要做好防护措施，并且每天跟她汇报情况

这个年，十院重症医学科主治医生刘勇超原打算回江苏见女友的父母，然而在得知出征消息后，他立马报了名，"重症医生就是要到最重的患者那里去！"这是这个 1986 年出生的小伙第一次踏上防疫一线，"就觉得应该去"。

1 月 23 日临下班的 16 时 30 分，上海市胸科医院接到市卫健委通知，需医院组建 6 名护理人员分三批支援湖北。医院第一时间在全院发出号召，没想到短短 30 分钟，14 名护理人员请缨；17 时，胸科医院 6 人医疗队完成集结。

他们是手术系统科护士长王玉吟，胸外专业 10 病区副护士长冯亮，重症监护室副护士长陶夏、徐琛，以及重症监护室带教护师李晓将、导管室带教护师张俊杰。李晓将和张俊杰是男护士中的骨干。"我报名，请让我去！"这是护理部接到报名回复时，出现频次最多的话语。

没有更多话语，只有"珍重"二字

　　傍晚，新华医院麻醉重症医学科主治医生阮正上正在家中准备行李。眼下，他的妻儿都在国外旅游，知道他要去武汉，虽然很担心，但还是支持的。"在成为医生家属的那一刻，我就有了心理准备。"听到妻子的话，阮正上很感动，夜以继日工作是常态，本来这次旅游也是一家三口之约，最后又食言了。"去武汉是职责所在。"他很坚定，也很有信心。

　　"没什么好说的，接到通知就出发！"作为第一批支援武汉的队员，从23日接到待命通知，到除夕夜接到集合电话，对上海市第六人民医院重症医学科护士长钱海泳来说，并没有太多情绪波动，就好像去医院加个班而已。

　　"我1993年工作，一直在ICU做护士，处理重症病人的经验丰富。"说到这次支援武汉，钱海泳坦言，她自认是合适的人选，"2013年禽流感暴发，我就是去金山公卫中心支援的一线护士，经历过非典、甲流，我的心理素质也会更好些。"

　　年夜饭的菜刚上齐，六院重症医学科副主任医师汪伟放在手边的手机

老公来送行，交代细节，果敢的钱海泳给行李箱绑上同事送的幸运结

就响了。"8点半到医院集合，出发去武汉！""好的！"一个简短的电话，一个果断的回答，汪伟放下筷子，与妻女告别，没有更多话语，只有"珍重"二字。作为一名在重症医学科工作近20年的副主任医师，汪伟在重症管理、呼吸支持以及全身脏器功能管理方面有着丰富经验。对于此次支援武汉，在汪伟看来，ICU医生最大的作用就是平衡各个专科的意见，搭建多学科平台，面对可能出现的并发症作出及时有效的处置。

在上海市肺科医院，护士王菁匆匆吃上一口饭，行李就在脚边，今夜她将与同事程克斌副主任医师一同奔赴疫情一线。

还有太多人的名字我们没办法一一列出，但我们知道，他们不孤单，他们带着所有的祝福与希望出征。

疫情在前，我挡在你的前面，在人民需要他们的疫情战场，其实他们也有畏惧，他们也是血肉之躯，他们也是为人父母，也是为人子女，但他们明白，肩上的担当与使命——我们不能退。

（来源：文汇报）

除夕夜的最美逆行，解放军出征

经中央军委批准，解放军派出 3 支医疗队共 450 人，于除夕夜（1 月 24 日晚）分别从上海、重庆、西安三地乘坐军机出发，于当晚 23 时 44 分全部抵达武汉机场，支援武汉。

除夕夜，解放军来了

陆军军医大学医疗队连夜奔袭、直抵战场，支援武汉抗击新型冠状病毒。

24 日凌晨接到通知，医疗队仅用 6 个小时就完成抽组，随后组织紧急动员和安全防护培训。21 时，医疗队在重庆江北机场集结完毕，准备登机。本次"出征"，共有重症组和轻症组两支分队，陆军军医大学第一附属医院毛青教授担任重症组领队，作为全军感染病研究所所长，他在抗击非典、援利抗埃一线积累的大量实战经验，将为此次援助工作提供极大帮助。

1 月 24 日，由海军军医大学组建的医疗队集结完毕，

解放军陆海空三军医疗队 450 人驰援武汉 除夕夜"白衣战士"逆势前行

赴湖北武汉抗击疫情。在中国传统节日除夕，150 名海军医疗队队员在万家团圆时告别家人，从虹桥机场乘军机赴武汉，参与防疫救援任务。为了打赢这场看不见敌人的战斗，海军医疗队队员已经做好了准备。

1 月 24 日 22 时 20 分，空军 1 架伊尔-76 飞机从西安咸阳机场紧急起飞，运载空军军医大学 143 名医护人员飞赴武汉。午夜时分，医疗队安全抵达武汉。

空军军医大学医疗队队员来自附属西京医院、唐都医院、空军 986 医院，涉及呼吸、感染控制、重症医学等多个科室。

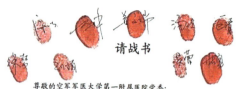

请战书

尊敬的空军军医大学第一附属医院党委：

2003年，北京小汤山组织全国力量抗击"非典"，西京医院呼吸内科在人员极度紧缺的条件下，6名优秀的医务工作人员主动请缨，义无反顾地参加到抗非战役，倾尽全力奋战在全国抗击"非典"一线，也在积极救护病患的同时，做到了医务人员"零感染"，高质量的完成了上级交付的任务。

17年后的今天，全国人民又一次直面新型冠状病毒（2019-nCoV）的肆虐，作为一支有优良传统并具有丰富经验，且成功战胜过"非典"的医疗队伍，我们更是责无旁贷！

我们特此向院党委请战，在抗击新型冠状病毒（2019-nCoV）感染疫情的关键时刻，随时听候调遣，我们呼吸内科全体同仁志愿奔赴一线贡献我们的力量。

在此，我们积极请战：若有战，召必至，战必胜！

呼吸内科全体同仁
2020年1月24日

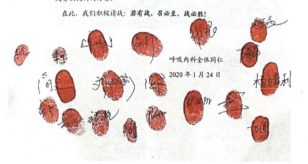

医务人员均具有丰富的防控治疗传染性疾病经验，其中一些还执行过抗击非典、抗震救灾、援非抗埃等重大任务。他们中有曾参与小汤山抗非的队员，有主动放弃休假的医学博士，有临床经验丰富的护理工作者，更有接到消息立即返程的人，和

时刻坚守岗位等待召唤的人。

前往机场的汽车上，许多医疗队员匆匆与家人告别，寥寥几句话便挂了电话，每一名队员的眼神中都充满信心。

人民军队为人民，保护人民群众的生命安全，中国军人责无旁贷。

疫情面前，为何逆行，因为要抓住那道名为"生"的光亮。

在此，向除夕夜的逆行者们，和战斗在疫情一线的医护人员致敬！

祝早日凯旋！

（来源：中国军网）

山东首批 138 人医疗队紧急驰援武汉

　　1 月 24 日，2020 年的除夕，为支援武汉抗击新型冠状病毒肺炎疫情，山东省卫健委下发通知，决定组建赴武汉医疗队。

　　接到国家卫生健康委要求山东组派医疗队，做好援助准备的任务，此间各大医院医务人员主动请战，24 小时内，来自省立医院、齐鲁医院、千佛山医院等，还有 16 个城市三级综合医院 138 人集结完毕。出征的医疗队员包括：普通患者救治医疗队 75 人、危重症患者救治医疗队 60 人、

卫健委工作人员 3 名。他们分别来自各大医院呼吸科、感染性疾病科、医院感染管理科、重症医学科和护理部门等。

济南各医院得知消息后，
广大医护人员纷纷报名"请战"

1 月 25 日下午 3 点，在山东省立三院，呼吸科主治医师孙金林、急诊科副护士长陈金玲、呼吸科护师刘安萍、重症医学科护师邵珊珊四位队员已经到达医院，接受相关培训。山东省立三院党委书记徐洪玉叮嘱她们要注意防护，不断鼓励她们。"辛苦我不怕，就怕孩子想我，又不知道什么时候能见到他。"邵珊珊忍不住哭了起来，今天是她四岁儿子的生日，她却来不及给儿子过一个生日，也没有给儿子说自己要去武汉了。"听到我要去武汉的消息，丈夫第一反应虽然很为难，但是最后还是选择支持我。"刘安萍大年三十在值夜班，还没来得及见到自己三岁的孩子，就要准备出发了。技师程世亮已经到达医院，接受相关培训。

陈金玲半个小时前才接到了去前线的消息，没有一点犹豫。

呼吸科主治医师孙金林一直在值班发热门诊，接到通知后，简单回家收拾了一下，就赶到了医院。临走时孩子问他去哪儿，他说，有人生病了，爸爸去给他们看个病。对于老人，他一直隐瞒着这个消息。

"没告诉父母，怕他们受不了，能瞒一天是一天"

"现在还没告诉老人，能瞒一天是一天吧。"作为山东援汉医疗队的一员，山东大学第二医院呼吸内科副主任医师王永彬跟同事一起踏上赶赴武汉疫区的征程。38岁的王永彬，老家在德州，父母年事已高，两个孩子还小，正是家里的顶梁柱。但当收到支援武汉的通知后，他还是义无反顾地报了名。"妻子也是医务人员，还是很支持我的决定的。"王永彬说，这种危急时刻，正是需要我们医务人员的时候，换作是谁都会这么做的，而事实上，医院同事也都纷纷报了名。不过，志愿去武汉疫区的事，王永彬至今还没告诉父母。"父母年龄大了，怕他们担心受不了，能瞒一天是一天吧。"王永彬说，两个孩子，小的才两岁，大的八岁，还不懂眼前疫情的严重性。"听说这个事后，很多朋友也打来电话，除了叮嘱要注意安全外，还告诉我不要担心，家里有事的话都会过来帮忙。"王永彬说，今天晚上八点就到机场集合出发了，正是家人、朋友的支持和帮助，让他免去了后顾之忧。

"等你们平安归来！"德州医疗救援队出征武汉

"抗击疫情，首战用我！"1月25日，正月初一，在这万家团圆的时刻，德州市医护人员响应国家号召，紧急整理行装，出征武汉，支援湖北省疫情救治工作。

德州市人民医院千名医护人员主动请缨，自发书写了一份份"请战书"。接山东省卫健委通知，经德州市人民医院党委研究决定，将请战书中政治素养较高、技术业务精湛的人员名单报上级单位审核，1月25日，最终选定来自急诊、重症、检验、护理领域的5名医护人员，时刻待命，随时准备出发奔赴武汉疫情一线。

25日下午，德州市人民医院支援武汉抗击新冠肺炎医疗队在医院集结，医院对5名医护人员进行了防护培训。同时，德州市第二人民医院医疗救援队也集结完毕。最终，德州共选出5名医护人员，其中德州市人民医院2名，德州市第二人民医院3名，他们政治素养过硬，业务技术精湛，

25 日晚将前往济南遥墙机场，乘坐飞机奔赴武汉。

25 日下午 4:30，德州市委书记李猛为 5 名医护人员送别，也为他们加油鼓劲，等他们平安归来。

对话山东首批赴武汉医疗队队员李秀明：
一米八的老公哭了好几回

把先前准备好回老家拜年的礼物收起来，取而代之的是去往武汉援助湖北应对新型冠状病毒感染肺炎疫情工作的行囊。这个春节，对于山东中医药大学第二附属医院心内科主管护师李秀明及家人来说，很是难忘。

24 日是除夕，李秀明则像往常的每个普通工作日一样，在科里值班。下午 4 点左右，一通电话打破了她的工作节奏，医院相关负责人征询她意见，是否愿意参加医疗队，援助湖北应对新型冠状病毒感染肺炎疫情。电话里，李秀明毫不犹豫地说：去！

作为一名工作 11 年的医护人员，同时又是山东省应急救援队一员，李秀明感觉自己责无旁贷。只是，她的义无反顾，在想到家人时，多了几分忧心。"除了老公，对父母、孩子都没说。"李秀明告诉记者，平时老公工作忙，一年大部分时间都在外出差，也就只有春节前后的一个月才能在家。下班回家后，李秀明和老公说了要去武汉的事，她没想到，这位身高一米八多的老爷们，当时就哭了。"从昨晚到现在，他哭了好几回。一直拿着手机刷网上的消息，睡了也就一个小时。"李秀明说，从最初的反对到现在的默默支持，老公的反应她知道，都是不舍和担心。为了让她宽心，老公正在跟单位协调，看能否在家待到2月底。不然，孩子一时就没人照顾了。

"看到网络上医护人员穿着防护服，孩子还说要我带回家一套，这样就可以不怕细菌和病毒了；出门去上班，他都会嘱咐我要多戴一层口罩……"李秀明说，在读小学二年级的孩子，从3岁上幼儿园开始，就习惯了每天被妈妈最早送到学校、最晚接回家。几乎是她一个人带大的孩子，从小就比其他同龄孩子更懂事、更敏感，她不敢告诉孩子，她要去武汉。

五年没回老家过年，父母也盼了五年。李秀明一家原本计划25日一早开车回去，如今只在电话里跟家人拜了年，还要"撒谎"，"我们说高速封路了，暂时不能回去，不然老人会担心……"

"支持！你就应该去！"

25日上午，山东省立医院接到山东省卫健委正式发出的通知，全省第一批医护人员将前往武汉。山东省赴武汉的医护人员分为两组，一组是重症，一组是普通。其中重症组的医师组长和护理组长都是由山东省立医院医生来担任。

护理组组长丁敏今年 48 岁，是此次出行的护理组五人中年纪最大的。年三十早上，丁敏主动向医院请缨，前往武汉。年三十中午，医院正式通知让医护人员自愿报名。医院给出征的医护人员配备了护目镜、帽子、鞋套、面罩以及抗生素药品等各种物资保障。

得知武汉疫情后，丁敏和武汉当地两家医院的护士长一直保持着联系，时刻关注武汉疫情。她从当地医护人员口中得知，目前武汉形势比较严峻，但是医护人员都很有信心，并且等待着山东前往武汉的第一批医护人员的到来。丁敏的父母都已经是 80 多岁的老人。一开始她担心父母不支持，并没有告诉父母自己将前往武汉，但是当父母从亲戚那里听说她将前往武汉的时候，非常支持她，父母直接告诉她说："你就应该去！"

"妈妈去了武汉，好好治病救人"

此次出征的两名 80 后，其中 1986 年出生的刘伟明是省立医院五人中唯一一位男护士，同时也是这次出征的唯一一名呼吸治疗师。他是山东烟台人，孩子只有两岁。除夕中午接到赴武汉的通知后，年夜饭也没有在老家吃，当天开车带着两岁的宝宝和妻子回了济南。

1984 年出生的冀赛也是呼吸专业的一位医护人员，她的孩子只有 6 岁，冀赛并不是济南人，但是今年留在了济南过年。孩子知道妈妈要去武汉，临走之前叮嘱妈妈说："妈妈去了武汉，好好治病救人。"

武汉加油！

希望所有逆风而行的白衣天使都平安归来！

（来源：齐鲁晚报）

浙江：告别让人泪目！期待平安归来！

1月25日，农历新年的第一天，由浙江省各地的医护人员组建的紧急医疗队在杭州火车东站集结，他们蓄势待发，即将出征武汉。此次医疗队共有141名队员，其中医护人员135人，他们来自30多家省市三甲医院，并配有后勤保障人员6名。

浙医一院出征4人，两名医生两名护师。

马青娜是队伍中最年轻的出征者，她是1993年出生的年轻人。17年前的非典，她还在上小学，对救死扶伤的医护工作人员就很崇拜。"这次终于有机会了，所以我前几天就主动报名，希望把自己多年学的东西，都

能用上，给武汉一点小小的帮助。"其实除夕之前，小马就已确定要出发，所以，医院这边特别让她除夕夜回金华老家吃了个团圆饭。"这次家人特别支持，没有一句反对，就让我出去保护好自己，今天还是我哥哥亲自开车来送我的。"

大年初一一大早，浙医二院举办了一场培训和出征仪式，送别深入疫区支援的五名白衣"战士"。

35 岁的浙医二院重症监护室主治医师陈城洋作为代表，和同事一起赶赴武汉。作这个决定的时候他没哭，跟爱人告别时他没哭，但一说到马上就 6 周岁的儿子，这位从医 8 年的骨干医生，忍不住红了眼睛，泪水夺眶而出。

"我自己就是感染性疾病科病区的护理组长，看到要报名，我就觉得自己就是最适合的那个。"浙大二院感染性疾病科主管护师卢燕说这话的时候，丈夫小叶拉着她的手。两人感情很好，女儿刚刚两岁。在作这个决定的时候，她并没有多想。早上送出门，家里老人万般不舍，但还是反复叮嘱，注意安全。"卢燕在作护士宣誓时，就作出了这次疫情前的选择，也给出了答案。我们能理解卢燕作出的决定，也支持她的决定，家里我们会管好。"小叶说。在会议室，小叶再次帮卢燕整理行装，三大包尿不湿是小叶再跑出去买的。卢燕说："因为怕在疫区的工作太忙，没有时间上厕所，可以应急。""多吃几口，牛奶喝一点。"小叶在卢燕身后叮嘱着。用完午餐，卢燕和同事就要出征。卢燕一口口慢慢吃着，嘴唇上似乎还留着年幼女儿额头的温度，早上出门前，卢燕亲亲孩子额头，小叶分明听到卢燕说："孩子，等妈妈平安回家！"

大年初一，浙江大学医学院附属邵逸夫医院送出首批 5 位医疗专家奔赴武汉。监护室副主任医师陈岳亮是其中一位，当年昆山粉尘爆炸，他也主动驰援。陈岳亮的爱人是其他医院感染科的护士长，这次的工作任务也很重，但仍然很支持丈夫的决定。陈岳亮家里有两个孩子，最小的才三岁。

浙江省人民医院重症护理护师金莹当时接到护士长的电话，希望她可以支援武汉，金莹毫不犹豫答应了："我想如果一定要有人去，我比较合适，我没结婚没小孩，家里牵挂少一点。"

金莹前天晚上吃饭的时候试探和妈妈说了一下，一开始妈妈还以为她是开玩笑的，还说支持，结果后来看到她在整理东西，一下子就哭了，

"但最后我妈还是说支持我去，希望我能保护好自己"。

"老职工了，这些都不用说了，应该的。"浙江医院 ICU（一）胡伟航副主任医师说起驰援武汉，就好像是很日常地去上班。

2003 年抗击非典，胡伟航在一线，是首诊医生；2013 年禽流感，胡伟航是指派援助杭州市西溪医院的医生，面对这次武汉新型冠状病毒，胡伟航只有短短的三个字：我请战。他就这么轻描淡写地说起了自己这次待命驰援武汉："家里人都习惯了，我夫人也是医务工作者，她很支持我。"这些年，胡伟航几乎没有在家度过春节，他的春节，就是在 ICU 的病房里，陪伴着那些患者，常常不眠不休几十个小时，而他依然只有那轻描淡写的一句话：应该的。

浙江省立同德医院两名护师积极报名支援武汉，两位都是 90 后女生。"这也是工作的一部分，也就是换了个地方，都是要好好工作。"1991 年出生的呼吸科护师吕玲玲一直在原本的岗位上忙碌着。"今天晚点可以回趟家，和爸妈吃个团圆饭。"吕玲玲说，爸妈都很支持。"这就是我的工作，我会做好自己的防护。还有医院做我们强大的后盾，不是吗？"

ICU 护师陈彦洁正在休息，准备后夜班的工作。"早上已经给爸妈家人打过新年电话了，晚上自己简单做点吃的，然后就去上班。"问到为什么报名驰援武汉时，陈彦洁说，就想作点贡献，"过年人员比较紧张，我家离得比较近，所以一早就申请了过年上班。"她说，她的家里人有好几个都是学医出身，支持她作这样的选择。

"我师父身体不好，如果可以，请让我去！"当收到报名信息时，浙中医大二院呼吸内科护师刘婷婷发了这样一条微信给护士长。

护理部主任和护士长都为她的勇敢而动容。"这是一件大事，还是先和家人沟通下吧。"护理部主任说。刘婷婷仍坚定地回答："好的！主任放心，我一定会说服家人的。"其实，家人的反对早在刘婷婷的意料之中。但是她说，救死扶伤是我的本职，现在，武汉更需要专业的医护人员，我们不去，武汉怎么办？中国怎么办？家人最终被她说服了。半小时后，刘婷婷高兴地回复护士长："我家里人同意了，我可以去了。"这样一个热情的 90 后姑娘，我们等你凯旋。

杭州市一医院三位医护人员也在驰援武汉的队伍中。市一医院呼吸科副主任医师沈凌家中有病重的老母亲，可谁也没有想到他会欣然接受重任。他说这都是因为一个人——2003 年沈凌经历过 SARS，那时候他还只是一名住院医生。当时他的主任裴新亚穿上防护服，冲在最前面，那头也不回扎进危重病房的景象，至今仍时常浮现在他的眼前。裴主任患有肾和输尿管结石，当时因为工作辛苦，再次发生输尿管结石。沈凌说："裴主任嘴里塞止痛片，一手硬撑住，一手写病历的样子历历在目，他当初能做到的今天我也终于可以了！"

从左至右：市一医院呼吸科副主任医师沈凌、市一医院感染科主管护师储华英、市一医院 ICU 主管护师徐燕平

杭州师范大学附属医院送出首批三位医疗专家奔赴武汉，分别为重症监护室副主任林乐清、急诊重症监护室副主任护师潘勇莉、重症监护室主管护师李季。

杭州市三医院有两位医护人员驰援武汉。

重症医学科副护士长蔡星星家里有 2 个女儿，小女儿才 16 个月大，丈夫长期在国外工作。当得知需要支援武汉抗击疫情一线时，义无反顾地第一个报名参加，护士长说："你家里孩子还小，要不要其他人先去？"她坚决地说："我是党员，又是副护士长，职责所在，这个时候当然我去！"

杭州市红会医院三位"白衣勇士"是呼吸科副

主任何飞、ICU专科护士桂涛、传染科医生谭贵林。这三位勇士都是妻子怀孕，却义无反顾上武汉前线支援。何飞妻子已怀孕9个多月临近预产期，即便如此他仍然以大局为重，舍小家顾大家，投入到这场没有硝烟的战争中。

而谭贵林妻子目前怀孕3个月，正是需要丈夫呵护的时候，但妻子薛芹表示，虽然自己怀有身孕不能前往，但非常支持丈夫，自己会照顾好自己，让谭贵林放心去。今天接到医院通知，选派他到武汉抗击疫情，问他有没有困难？谭贵林坚定地说："这是我的责任和使命，随时可以出发。"接着他火速赶到医院和其他同事参加相关培训后，没来得及和同一家医院上班的妻子告别，义无反顾踏上了去武汉的征途。

一大早，杭州市中医院行政楼会议室内举办了一场培训和出征仪式，全体院领导一起送别下午将要动身前往武汉，深入疫区支援的两位白衣"战士"。

吴春燕的头发略偏长，为了避免穿防护服时不方便，在医院临时找来一位师傅把她的头发剪短。她一边剪发，一边笑着说："刚刚年前做的新发型呢，不过，工作要紧，救人要紧。"

（来源：微信公众号"健康浙江"）

山西：137名医护人员紧急集结，
驰援抗"疫"一线

1月26日，大年初二下午，山西省支援湖北应对新型冠状病毒感染肺炎疫情医疗队137名医护人员从太原武宿机场出发，乘专机前往湖北，奔赴抗击肺炎疫情第一线。

1月25日，得到山西省卫健委要求支援武汉的消息后，全省各大医院发出倡议书，并号召一线医务人员报名。几个小时内，全省各地医护人员积极响应，踊跃报名，最终结合医院实际情况及个人家庭情况，筛选出了一支由137名医护人员组成的医疗队。

这些医护人员分别来自山西白求恩医院、山西省人民医院、山西医科大学第一医院、山西医科大学第二医院、山西省中医院、大同市第三人民医院、阳煤集团总医院、阳泉市第一人民医院、长治医学院附属和济医院、晋城市人民医院、忻州市人民医院、吕梁市人民医院、临汾市人民医院、运城市中心医院等全省36家医院。

137名医护人员被分成两个队，一个是危重症患者救治医疗队，将奔赴湖北肺炎危重症患者治疗一线；一个是普通医疗队，将协助当地医护人员进行普通救治。

1月26日上午10时起，各地市医疗队员们陆续赶到太原集结，进行简单的培训。医院给队员们带足了防护用品（包括防护服、口罩、护目镜、

鞋套）、个人洗漱用品、常用药品、随身食品。

16 时 40 分许，医护人员们已经坐上前往武宿机场的大巴，等待发车。山西白求恩医院主任医师王秀哲突然接到一通电话，到车门口转了一圈，回来手里拿着一副泳镜。这是他的爱人特地为他送来的，因为听说新型冠状病毒可能通过结膜感染，为了给他多一点防护。"家人很担心，但紧要关头他们还是选择支持我。"王秀哲说，从疫情开始他就有心理准备，所以医院征集志愿者时，他第一时间就报名了，他希望自己的从医经验对这次疫情有所帮助。王秀哲把泳镜仔细装进口袋，他说虽然医院给配了护目镜，但这是家人对他的关心，他收下能让她们少一些担心。

在出发前一天晚上，王秀哲的爱人已经帮他仔仔细细地收拾过行李，不仅带了暖宝宝、厚衣服，考虑到他工作过程中很可能长时间不能离开岗位，所以还给他带了成人纸尿裤。另外，还带了些方便食品，以便他忙时充饥。王秀哲的女儿已经读高中，到现场来送别父亲，再三叮嘱：爸爸保重，一定要平安回来。

（来源：山西晚报）

辽宁：137 名"白衣战士"出征武汉！

当大部分中国人还在享受春节假期时，有一群人却选择了告别家人，成为"最美逆行者"！一群辽宁的"白衣战士"出征武汉！

为支援湖北抗击新型冠状病毒肺炎疫情，由辽沈地区各大医院精干力量组成的辽宁医疗队一行 137 人整装待发！

辽宁首批医疗队 137 人驰援湖北

沈阳市卫生健康委紧急动员市直四家三级甲等医院组建了沈阳市首批援助湖北应对新型冠状病毒感染的肺炎疫情医疗队。13 位医疗队成员（医师 3 人，护士 10 人）来自沈阳医学院附属第二医院、沈阳市第四人民医院、沈阳市第五人民医院、沈阳医学院附属中心医院四家三级甲等医院，涵盖呼吸科、感染科和重症医学科 3 个重点专业。3 名医师均是具备正高专业职称、经验丰富的主任医师。10 名护士具备较强的专业业务能力。

1 月 26 日凌晨 3:30，沈阳医学院附属中心医院即将驰援武汉医疗团队在医院大厅内举行了出行仪式。

沈阳医学院附属中心医院派出感染科医生赵钰、RICU 护士李佳玮、感染科护士郭丹、ICU 护士黄蕊全部为危难之时主动请缨！今日启程！感动、泪目！

赵钰医生是医疗队里年纪最大的医生，今年 48 岁的他奋战在感染科一线 26 年，他称：我们感染科医生啥都不怕，因为我们有"抗体"。

沈阳市第四人民医院 90 后护士王常昊这张"最美背影"的照片刷爆朋友圈，他告诉记者："我不害怕，只是妈妈有点担心，她不想让我去，但是祖国需要，她愿意舍小家为大家。"

王常昊说，今天要奔赴武汉了，他昨晚特意回爸妈家住了一宿，"就是怕他们担心，想多和他们聊聊，把目前疫区的情况和医院为他们所做的保障好好跟他们说说，好让他们放心啊。我今儿没让他们来送我，我怕我兜不住，哭出来，让他们不放心"。说到这，这个大男孩哽咽了，"我媳妇也特别支持我，她也是护士，懂我"！

同为 90 后的市四院护士张英也要出征，他姐姐非要来送，他也拦不住啊。姐姐说，昨晚刚听到弟弟要驰援武汉的消息，一时间也是有点蒙，"我迅速冷静，这个时候我们的医护人员不去援助，武汉咋办？我要做的是做好父母的工作，

王常昊的"最美背影"

下批一定得有我

说定了啊！

晚上7:17

哎呀，护士长

晚上7:57

护士长，这次的还能加人不

市四院的医生、护士微信内容曝光，看完让人泪目

绿天使(48)

他们还是孩子，但因为这身工装就要成为保卫人民健康的一名战士，希望常昊和张英在救助他人的时候保重身体，平安安归来！

湧李勇
肯定平安回来

晚上6:24

马凌云
加油 一定要平安归来

秦喜鹏
必须平安回来

晚上6:25

柳盼

帮弟弟准备好行李，给他加油。"

在市四院出征仪式现场，重症医学科主任冯伟笑着说：你们不用担心，后方的你们可能比我们还危险，不用担心哈。这句话让现场的气氛不再那么紧张。

救死扶伤，医者仁心，未能出征的医生和护士仍在请缨出征武汉！

吴莹薪是沈阳市第五人民医院的医护人员，也是一个8岁孩子的妈妈，爱人每 4 天一个夜班，如果她去武汉，孩子怎么办？大家都劝她别报名了，可她却执拗地说，"从穿上白衣那天起，我就知道自己担负的使命与责任，在国家召唤、人民需要时，我必须挺身而出"。她连夜将孩子送到 100 多公里外的父母家中，即使心中有再多的不舍，她也勇敢地转身逆行而上。

此次派出医护人员出征武汉的沈阳市直医院还有沈阳医学院附属第二医院。

"万里赴戎机，关山度若飞。"1 月 26 日下午 3 时，在沈阳桃仙国际机场，来自 10 家省级医疗机构和 27 家市属医疗机构的 137 人驰援队伍出发！

谁没有父母，谁没有爱人孩子。逆行武汉，是因为身穿白衣的责任与使命！

扶危度厄，医者担当！

致敬，我们的白衣战士！

（来源：沈阳日报）

重庆：目的地——孝感，144 人整装出发！

大年初二，重庆江北国际机场，在简单的集结仪式后，重庆市市级医疗队随即登上飞往武汉的飞机，他们的目的地，是发热病人接诊量较大、新型冠状病毒感染的肺炎确诊病例较多的湖北省孝感市各重点医院，去承担救治工作。

出征队员合影

本次重庆市市级医疗队由重庆市卫生健康委员会机关、重庆医科大学附属第一医院、重庆市中医院、重庆大学附属肿瘤医院等 11 所三级甲等医院的医务工作者组成。全队共 144 人，主要是涉及呼吸内科、传染病科、重症医学科等学科专业的专家。

"别哭，妈妈是去外面打怪兽了，很快就回来"

重庆市第六人民医院护士长刘洁有一个女儿和一个儿子。在刘洁报名参加医疗队后，两个孩子一直抱着她不放手，姐姐眼泪在眼眶里打转转，儿子更是大哭，"我只好安慰他们，说妈妈只是去外面打怪兽了，很快就回来。"刘洁说完，掏出手机点开了孩子的照片，"哎呀，不说这个了，再说我也要感伤了。"

即将登机，刘洁翻看孩子的照片

30 岁的陈钇然医生来自重庆市第五人民医院，在他看来，救死扶伤是一名医生必须去做的事情。"父母都是老党员，都很支持我的决定。"陈钇然介绍，"这次我们医疗队还准备了相应的紧缺物资，只有万众一心，团结一致，才能打赢这场仗。"

重医附一院罗月英
的丈夫和女儿为她送行

重庆医科大学附属第一医院医生罗月英也是本次出征的医疗队队员，她曾经参与过 2003 年抗击非典。临行前，她的丈夫和 19 岁的女儿王怡可都来现场送她。尽管女儿非常担心妈妈，但依旧忍住感伤祝妈妈"一切顺利"。即将走进安检口时，罗月英将丈夫和女儿紧紧抱住。"对不起，我让你们担心了，我是医生嘛，我应该去，没问题的……"

"为什么报名？这是我这个职业必需的选择"

"药品，N95 口罩，还有换洗的衣服。多放防护装备和药品，千万不要遗漏了。"出发前，来自重庆大学附属肿瘤医院的 14 位医务人员又仔细清点了一遍行李，做好了"战斗"的准备。

肿瘤医院重症医学科副主任李蕊这两天收到了很多同事和亲友发来的关心和祝福，她原本希望在这个春节多陪陪 8 岁的女儿。"科室所有人都报名了。"经过筛选，李蕊出现在了医疗队名单里。"你问我为什么报名？可能是这个职业必需的选择吧。"

报名的时候，隆毅医生还在东南大学附属中大医院进修。"我进修班的老师也报名去武汉，作为一名医生，责无旁贷。"

出征队员合影

　　在肿瘤医院此次出征的 14 人中，心血管呼吸内科的医生陈月是 1991 年 3 月出生的 90 后。接到报名通知时，她正在铜梁老家和父母吃年夜饭。得知她报名的消息，当天晚上春晚演了什么一家人都不记得了，爸妈辗转反侧，一夜无眠，最终还是决定支持女儿。陈月的长发柔顺飘逸，乖巧的脸蛋搭配马尾，让人印象深刻。"剪短一些，不然工作中不方便，还难得洗。"同事高丽拿起剪刀，几下就去掉了一大把。陈月对着镜子梳理了头发，笑了。"头发可以慢慢长出来，等胜利回来再去修个造型。"

（来源：人民网）

中医人，尽锐出征！

在疫情面前，中医药工作者们在与病毒的赛跑之中，跑出了温度、力度和高度。这温度，春风大雅，润泽人心。这力度，风雷激荡，剑指疫情。这高度，骏极于天，高山仰止。锐兵劲旅，共克疫情。

"报上我吧""我也报名，我是学ICU专业的，我去可以提供更多专业服务""让我去吧，主任，我家里还有一个弟弟，爸爸妈妈全力支持我去""我家里孩子父母都安排好了，科里也有护理骨干留守，放心让我去吧"……

这是从1月26日清晨不到2个小时的时间里，河北省中医院医务人员响应要求报名赴武汉抗"疫"的热烈而感人的场景。面对危机时刻，疫情无情人有情，没有豪言壮语，他们同样是妈妈、爸爸、妻子、丈夫、儿女，但是他们选择的是舍小家顾大局，在这场难打的瘟疫战面前，他们毅然选择了"舍命逆行"！最终，医院选拔出首批能力强、经验丰富的业务骨干。1月26日下午，医院为第一批队员——3名护理专业精英举行了隆重的援助湖北抗疫医疗队出征壮行仪式。

1月26日上午，农历大年初二。辽宁中医药大学附属医院举行了一次特殊的行前会，为首批援湖北医疗队队员送行。出发前，队员们毅然写下请战书："用实际行动践行医者大爱，誓以生命保卫生命！"

1月25日12时，辽宁中医药大学附属医院接到辽宁省卫生健康委关于组派医疗队援助湖北应对新型冠状病毒感染肺炎疫情的通知。疫情就是命令！接到通知后，医院党委紧急部署，众多医护人员纷纷请战。

辽宁中医药大学附属医院第一时间完成人员选派及报送，并且建立了二、三梯队。医院连夜准备物资，相关药品、队员生活用品、隔离衣、防护物资，并对5位赴鄂同志进行了相关强化培训。

未着白衣时他们是家中的支柱，是父母眼中的孩子；换上白衣后他们就是随时听从国家召唤、使命必达的先锋战士，在生与死之间为我们筑起了一道坚固的防线。

1月26日，大年初二下午，由137名医护人员组成的山西省援鄂医

疗队奔赴湖北，山西省中西医结合医院 8 名医护人员也在其列。

出发时，医生们看起来十分乐观，但是大家都知道，前面有一场硬仗在等待着他们。这次首批山西省援鄂医疗队，带着山西省政府、山西省卫健委的重托，带着同行与家人的叮咛，奔赴前线，将以自己最好的状态，共同抗击新型冠状病毒感染的肺炎疫情。

医疗队成员与家人告别

大年初一，山西省中医院发出倡议书，倡议全院职工发挥"敬佑生命、救死扶伤、甘于奉献、大爱无疆"的医者使命，积极踊跃报名赴鄂抗"疫"！

倡议书在医院群里一经发出，"时刻准备着，一切听从党的领导，听从组织安排""我学公卫的，算我一个""我学急诊的，算我一个""已报名，随时听从组织安排"……群内积极报名的瞬间达到几百人。

最终，根据所需医护人员的配置，

山西省中医院精选了 9 名骨干组建成队。他们中有年逾五旬的护士长，有家中的独女，有双子的妈妈，有家有病患的，有亲人不舍的……但倡议书发出的第一时间，他们没有一丝犹豫，舍小家为大家，舍私情赴大义。

"面对严重疫情，我们时刻准备！我们就是护卫人民健康的逆行者，定能打赢这场疫情防控阻击战。"1 月 26 日大年初二清晨，贵州中医药大学第一附属医院召开援鄂医疗队誓师大会，驰援队伍已整装待发，时刻准备听从号令。

急诊科陈扬主任讲述自己参与非典战疫的经验并宣誓坚决出征，其余请战人员先后作表态发言，表示将积极参与到请战出征队伍中去，践行自己行医的初心，为打赢这场没有硝烟的战争贡献自己的力量。

大年初一，接到指令后，贵州中医药

大学第一附属医院 40 个党支部近千名党员干部职工纷纷上交了按满红手印的请战书，庄严宣誓："听党指挥，随时待命！"

2020 年 1 月 25 日，庚子鼠年的第一天。上午 10 时 30 分左右，在四川省第二中医医院，许多医护人员不约而同陆续聚集在门诊大厅。"衣服带够没有""一定要注意自我防护"……大厅内，护理部和呼吸科、ICU 的负责人及科室同志，分别围在医院即将出征的第一批援助湖北医疗队队员身边，有的嘘寒问暖，有的紧紧相拥。空气中有几分凝重，不舍的泪水在眼眶中一直打转。

1 月 25 日中午 12 时 30 分，5 位队员参加完省卫健委举行的四川援助湖北医疗救援队出发启动仪式后，奔赴抗击新型冠状病毒感染的肺炎疫情的前沿战场。与此同时，医院"第一批赴湖北医疗工作组"微信群正式建立，这里实时更新的消息图片，将 5 位同志与全院干部职工的心连在一起……

1 月 25 日晚 6 点半，5 名队员到达湖北武汉，她们默默地在心里为武汉加油。

抵达后，大家顾不上休息，立即开始了紧锣密鼓的培训，包括防护服穿戴培训、院感培训、卫健委院感防控专家组培训等。培训的同时，她们还不忘"家里"的防疫工作，第一时间将学到的标准化预防知识通过微信

群传回，与全院医护人员共同学习。

培训结束后，大家匆匆吃了几口盒饭，又赶到武汉市红十字会医院，了解现场情况。

武汉市红十字会医院800余名医务人员全部加入抗击新型冠状病毒感染的肺炎工作中，他们也是儿子、女儿，是父亲、母亲，是兄弟、姐妹，但此时此刻他们只有一个身份，那就是医护人员。看着大家忙碌的背影，5名队员恨不得立即加入战斗，和他们并肩作战，争取早日驱除疫情。

1月23日临近下班时，上海中医药大

学附属曙光医院接到上海市卫健委关于组建医疗队援助湖北共抗疫情的通知，需要医院组建护理人员分三批支援湖北。收到通知后，医院高度重视，快速响应，护理部第一时间在全院发出号召。

短短 20 多分钟，曙光医院的 9 人医疗团队已经完成集结，他们将作为上海市医疗队的一分子，做好随时出发前往湖北支援的准备。同时，根据国家中医药管理局相关要求，医院选派呼吸科张炜主任作为中医方面专家，随时准备驰援湖北。

首批奔赴湖北武汉的有 3 位医务人员。一收到通知，他们就立刻安排好了生活和工作，义无反顾地背起行囊，踏上了前往疫区的征程。

（来源：微信公众号"中国中医药报官方号"）

驰援武汉！安徽援鄂首批医疗队出征！

1月27日中午，安徽援鄂首批医疗队出征，队员全部经过重症监护专科培训，具有丰富的临床和管理经验，是一支业务精湛、素质过硬的队伍。

驰援武汉！
安徽省第二人民医院5名重症医护人员集结完毕！

1月27日上午10时，安徽省二院在全院遴选了5名思想作风过硬、业务技术精湛的重症医护人员：重症医学科刘俊、重症医学科主管护师董芹芹、重症医学科主管护师吴倩倩、胸心外科ICU主管护师张芳静、神经外科ICU护师王琪，组成省二院援鄂医疗队，带着省委省政府、省卫生健康委、省第二人民医院党委的重托，集结远征，驰援湖北，共同抗击新型冠状病毒感染的肺炎，踏上驰援防控新型冠状病毒的第一线。

疫情就是命令，责任重于泰山。此次短时间快速组建援鄂医疗队，彰显了医务工作者关键时刻勇于担当的意志品质，队员中不少人都有家庭的困难，但没有一个人向组织讲条件提要求，只有一颗冲向疫区的雄心。疫情来袭，白衣逆行，最美的背影后是省二院人迎接挑战、敢于担当、甘于奉献、为国分忧的高尚情怀。

致敬最美逆行者！安医大一附院医疗队驰援武汉

疫情就是命令。安医大一附院积极响应国家号召，紧急组建新型冠状病毒感染的肺炎医疗队，驰援武汉，全力救援。1 月 27 日，5 名来自重症科室的护理精英集结完毕。

"我去！我去！"得到驰援信息后，安医大一附院千余名医护人员递

交志愿书，主动请缨。最终，医院选出心脏大血管外科 ICU 护士长陈红、神经内科 ICU 主管护师霍佳佳、急诊重症监护室主管护师金长雨、重症医学科主管护师刘钢、高新院区重症医学科护师万磊 5 名护理精英组建第一批应对新型冠状病毒感染的肺炎疫情医护应急志愿服务队。

这 5 名来自重症科室的护理人员也是国家移动应急医疗队成员，工龄都在 10 年以上，具有扎实的危重患者救治护理能力。陈红护士长是

此次安徽援鄂首批医疗队队长，临危受命，她既紧张又激动。在全省出征誓师大会上，陈红代表医疗队发言的时候表示：一定牢记使命、不负重托，义无反顾完成任务，全力投入到抗击疫情的防控和重症病人的救治中。

出发前，陈红的儿子来为妈妈送行："我也是一名学医的大学生，我支持妈妈的决定，我会照顾好自己让她放心，希望妈妈保重身体，妈妈加油！武汉加油！湖北加油！"

安医二附院 5 名医护人员
参加安徽省首批支援湖北医疗队

目前新型冠状病毒感染的肺炎疫情日趋严峻，牵动着每一个人的心。安医二附院接到指令后，根据通知要求迅速在院内进行号召，短短一小时内便完成医院医疗队组建工作，呼吸与

危重症医学科主治医师费君、重症医学科一病区主管护师黄兵、重症医学科二病区主管护师闫君丽、急诊重症医学科护师臧清华、呼吸与危重症医学科 ICU 主管护师俞霞等 5 人应召入队。

安医大四附院 4 名护理人员
参加安徽省首批支援湖北医疗队

1 月 26 日，安徽省卫生健康委员会紧急组建安徽省首批支援湖北医疗队，并于 1 月 27 日启程。安医大四附院连夜选派 4 名护理人员参加支援。

听说武汉需要支援后，"我愿意""我报名""我想去支援""让我去吧"，负责报名事宜的护士长电话就没有停过。最终，院方从报名的人中，选出了 4 名在急诊、急救方面经验丰富的护师出征武汉，他们是急诊重症医学科护士长沈杭，重症医学科主管护师刘丁丁、李万荣、袁净。

临行前，全院上下百余人前来为最美"逆行者"们送行。医院早早为 4 名队员准备足防护设备、日常用品、药品等物资。护理部紧急组织队员进行强化防护演练，一遍遍规范练习戴口罩、戴护目镜、穿隔离服以及消毒等防护措施。

急诊重症医学科护士长沈杭是此次安医大四附院小组的队长，1 月初刚从北京协和重症医学科进修回来。在责任面前，她选择站出来，前往疫情一线。"想告诉我的女儿，妈妈虽然也有点害怕，但是勇敢地迈出来去帮助更需要我们的人，希望她以后能像妈妈一样勇敢！"

主管护师袁净告诉丈夫自己的决定后，丈夫犹豫了几分钟，平日不爱唠叨的他变得开始"啰唆"起来："做好防护"，"一定要保护好自己"。袁净知道虽然担忧，但是丈夫总是会无条件支持她。

刘丁丁有着 9 年的临床护理经验，在重症医学科待了 5 年，接到取消休假的通知，大年三十（1 月 24 日）连夜赶回合肥，从大年初一一直上班到准备出发去武汉。"家里没有问题！他们都很支持我的工作，等我凯旋！"

"姐姐加油！爸妈我会照顾好"。李万荣第一时间告诉妹妹自己要去武汉支援，为了不让父母担忧，姐妹俩决定暂时不告诉父母。

"护身符"装进护士长爸爸的行李箱
中科大附一院派出首批 10 名医务人员驰援湖北

"爸爸你很勇敢，我们一定要向你学习！"1月27日，中科大附一院（安徽省立医院）派出第一批10名医务人员驰援湖北，包括1名医院感染管理专家和9名重症监护专业护理人员。

队长樊华9岁的女儿懂事地把"护身符"悄悄装进爸爸的行李箱里，希望爸爸平安归来。隔离病毒，不隔离爱，期待凯旋！

阜阳这些医护人员的誓言让人动容

1月27日，为抗击新型冠状病毒感染的肺炎疫情，安医大附属阜阳医院紧急选派4名护理骨干，与其他省属医院的战士一起，组成安徽省第一批支援武汉的医疗队伍，出征武汉。

从接到安徽省卫健委通知到医院上报名单，仅用 1 个小时，医院就有几十名护士主动报名，最终医院选出神经外科护士长庞金霞，重症监护室护士长马宝府，EICU 护士徐文杰、刘静 4 名骨干护理人员作为代表驰援武汉。

庞金霞的女儿刚刚 10 岁，爱人工作繁忙，如果去武汉，孩子就没人照看，可她却第一时间报了名："穿上白大褂就要知道自己担负的使命和责任，在国家召唤、人民需要时，我必须挺身而出。"出发前，庞金霞 10 岁的女儿通过电话对她说："妈妈是最棒的，我在家会乖乖听话，你放心去武汉。"

"今天没让家人来送我，我怕我兜不住，哭出来，让他们不放心。"说到这儿，重症监护室护士长马宝府哽咽了："我们只是做了千千万万医务工作者最想做的、最应该做的事，我们一定会平安归来。"

90 后护士徐文杰和刘静接到通知后，第一时间报名支援武汉，她们怕家人担心，没敢告诉父母。刘静早上 8 点钟刚刚下夜班，还没来得及休息，匆忙回家收拾好行李，就坐上了去合肥集结的汽车。

出征前，医院领导为队员们送行，叮嘱大家一定要做好个人防护，出色完成任务，展现安医大附属阜阳医院白衣天使的风采。

队员们表示，有党中央的坚强领导，有全国人民的强力支援，我们一定能打赢这场疫情防控攻坚战，保护好湖北人民群众的生命安全与身体健康！

（来源：安徽商报）

黑龙江：夜幕中启程，
抗"疫"援鄂

1月27日晚，夜幕降临，黑龙江省首批137名驰援武汉的医务人员带着亲朋的叮咛嘱托，向哈尔滨太平国际机场进发。大巴车内，人们相互加油打气，坚定信心。

"我参加过汶川地震医疗救援，又是党员。昨天上班接到通知，就马上报了名。等到晚上回家孩子已经睡了，今早告诉孩子说，'妈妈要出发了'。"今年40岁的哈医大四院心内科护士长翁玲说，希望能给孩子当表率，做一个有担当的人。

哈医大一院医疗队全体队员

哈医大二院医疗队全体队员

哈医大附属肿瘤医院（哈医大三院）医疗队全体队员

为阻击新型冠状病毒感染的肺炎疫情，黑龙江医疗战线 1 月 26 日全部回岗工作。与此同时快速组建援武汉医疗队。首批派出的医疗队由 137 名医护人员组成，来自哈尔滨医科大学 4 所附属医院呼吸科、感染科、重症医学科、护理专科等多个科室。

"主任，我报名！""有需要，我们两口子都去。""我退休了，若可以，也报名！"在哈医大三院检验科微信群内，科主任孙轶华收到一份份"请战书"。

利用出发前间隙，黑龙江省对医疗队员进行了集中培训。"作为一名重症医学科医生，在疫情面前责无旁贷！"1989 年出生的哈医大二院医生李原超说。

"有奔赴一线的想法时，我就和妻子说了，她也是医护人员，很支持我。当确定出发了，妻子回到家默默帮我收拾行李。"李原超说，妻子也参加了所在医院抗击疫情的发热门诊工作，1 岁多的孩子暂时请岳父岳母代为照顾。

疫情就是命令，防控就是战场。出发前，哈医大四院医疗队成立了临时党支部。"到祖国需要的地方去，重任在肩，使命光荣。服从指挥，决战决胜，不畏艰难，平安归来。"大家庄严宣誓。

哈医大四院医疗队
全体队员

在哈医大一院，当得知入选援助队，院感染科护士张可娇让妈妈帮她剪短留了十多年的长发。"这样戴防护帽也方便，对己对人都安全。"张可娇说，不能说没有担心，但我们信心十足。特殊时期冲在前面，我们义不容辞。

"等你们平安归来！"

"保证完成任务！"

（来源：新华网）

海南：147 人出征，挥别家人，奔赴武汉

海南援鄂医疗队1月27日出征

1月27日，春节长假第四天。这一群人，一边嘱咐着亲友"少出门、戴口罩"，却一边收拾好行囊，启程奔赴武汉。

1月27日下午，由147人组成的海南首批医疗支援队伍，从海口美兰机场集合出发，驰援湖北武汉。他们都是在重症治疗、呼吸、感染、检验等方面有丰富经验的医护人员，从通知组队到集结出发，不到两天时间。

怀有身孕的她，交完班后送别奔赴武汉的丈夫

海南医学院第二附属医院（以下简称海医二院）重症医学科一区的苏爱康，交完班就一刻不停地奔向了门诊大厅，因为在那里，她的丈夫叶智超作为海医二院第一批驰援武汉医疗队的一员，即将出发。

在门诊大厅看到马上就要前往机场的丈夫，她忍不住流泪并拥抱丈夫。夫妻二人都

是重症专业的护士，就在一个单位，却不常见面。苏爱康现在怀着身孕，大女儿才不到两岁，同为医务人员，她十分支持和理解丈夫自愿支援武汉的决定，但作为妻子的她，还是忍不住担心和忐忑。

曾在武汉读书的他，瞒着父母悄悄报名援鄂医疗队

1 月 27 日下午 16 时，海南省人民医院抗击新型冠状病毒援鄂医疗队出发仪式举行，10 位医护人员启程奔赴武汉。

一份志愿书上签下了 10 个人的名字，最后一位签名的是护士邓伦飞。今年 32 岁的邓伦飞，瞒着父母，悄悄报名参加援鄂医疗队。"我曾经在武汉读大学，那里是我的第二故乡，我要回去，和武汉一起战斗。"邓伦飞考虑过，万一遇到最危险的情况该怎么办，"我不害怕，我的战友会救我"。

10 位援鄂医疗队队员中，有 2 位医生，8 位护士。医生谢甜是湖北潜江人，她毅然报名援鄂，支援家乡。"最感动的是，队伍里还有那么多非湖北籍的同事，一起支援湖北。"谢甜说。

据了解，海南省人民医院共有 50 多位医护人员主动报名参加援鄂医疗队。这其中，重症医学科护士长刘莉面对着家人的反对，依然决心奔赴武汉。"母亲不同意，我劝她，我是医生，救死扶伤是天职，

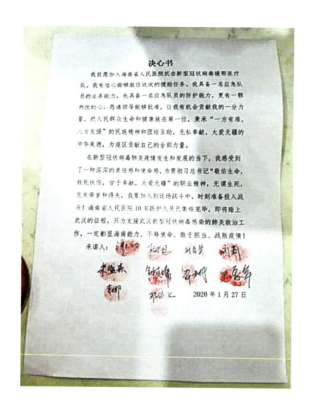

无论如何，我一定要去武汉。"刘莉十分坚决地说。

"一起去，一起回，一个不能少！"

1月27日，海口市人民医院10名医护人员作为海南第一批援助湖北的医疗队成员奔赴湖北。

据了解，该院有600多名职工踊跃报名，经过严格筛选，最终从重症医学科和呼吸与危重症医学科确定2名医生和8名护士。

"看到湖北日渐增长的感染人数，看到重症医学群里传来前线严重缺乏医护人员的消息，我感到责无旁贷。"此次支援医疗队的邓超组长说，

"这次去湖北，一定圆满完成上级交给我们的任务，展现海南省医疗队伍的风采，带领我们的医疗团队一起去，一起回，一个也不能少，不辱使命！"

多位同学在武汉奋战，他毅然加入队伍并肩作战

1 月 27 日下午 15 时 30 分，三亚中心医院（海南省第三人民医院）举行援鄂医疗队出发仪式，包括 2 名医生和 8 名护理人员在内的 10 名医护人员启程奔赴湖北，为疫情较重的地区提供医疗救治服务。

41 岁的陈亮是这支医疗队的队长，同时也是三亚中心医院呼吸与危重症医学科主治医师。他说，自从进入医生这一行，他就立志为医学事业奋战，不遗余力。"我的同学已经在武汉连续奋战多天，我现在迫切希望能和他们一起并肩作战，攻克难关。"

除此之外，还有琼海市人民医院、海南医学院第一附属医院的白衣天使们参加援鄂医疗队。

（来源：南国都市报）

广西：勇于担当，敢打必胜，奔赴武汉，不辱使命！

1月27日下午16时30分，广西壮族自治区赴鄂抗疫医疗队举行出征仪式。13家区直医疗机构精挑细选出137名医务人员组成医疗队，带着5000万广西人民的嘱托和期盼，奔赴武汉前线战场！

据介绍，广西支援湖北应对疫情医疗队成员包括领队1名、联络员1名、医生40名、护士95名。医护人员分别由自治区人民医院、自治区江滨医院、自治区妇幼保健院、自治区龙潭医院、自治区工人医院、广西医科大学第一附属医院、广西医科大学第二附属医院、广西医科大学附属肿瘤医院、广西科技大学第一附属医院、广西科技大学第二附属医院、桂林

广西医科大二附院
呼吸与危重症医学科梁
象东医生接受记者采访

医学院附属医院、桂林医学院第二附属医院、右江民族医学院附属医院等13家区直医疗机构的医护人员组建而成，共分6个队，其中5个普通患者救治医疗队和1个危重症患者救治医疗队。其中，主任医师5人，副主任医师17人，主管护师29人。他们均是具有优秀意志品质、责任担当、业务精良、身体健康，且拥有丰富的呼吸、感染、重症等工作经验知识的骨干医护人员。

1月25日（大年初一），广西接到国家关于组派医疗队援助湖北应对新型冠状病毒感染的肺炎疫情的通知后，自治区卫生健康委第一时间积极动员，组建援鄂抗疫医疗队。接到动员令后，全区众多医疗机构的广大医务人员主动请缨、积极要求参加武汉疫情防控和医疗救治工作，涌现出许多感人至深的故事。

自治区人民医院有729人报名，急诊科ECMO（体外膜肺氧合）小组14人写下集体请战书。自治区人民医院呼吸内科副主任、主任医师、博士覃雪军在给医院医务部部长的短信中说："我是一个实干家，我年轻，能干，有17年RICU（呼吸危重症）临床工作经验，请相信我一定能胜任抗击病毒肺炎前线的工作，这次驰援武汉请优先考虑我，请组织相信我！"

1月25日，广西医科大学第一附属医院立刻向全院发出众志成城、抗击疫情的倡议。"我报名！""义不容辞！""已准备好，随时待命。"很快，各科室微信群里就炸开了锅。一时间，全院各科科室、党支部迅速行动，各个科室的医生、护士、

技师纷纷响应，很快就有 1855 名医护人员自愿报名，挺身而出、主动请缨，而这个数字还在不断增加。

百色市首批援助医疗队的 14 名队员从右江民族医学院附属医院抽调，涵盖急危重症学、传染病、呼吸科、临床医学、护理等专业。

右江民族医学院附属医院感染管理科科长、呼吸内科专家韦中盛说："我们是白衣战士，抗击疫情是我们义不容辞的责任，我们到达武汉前线跟武汉的同道一起，为战胜疫情作出我们应有的贡献。"

桂林市首批援鄂抗疫医疗队由桂林医学院附属医院呼吸科、重症医学科、感染性疾病科等科室选拔的 12 名精锐医护人员组成。桂林医学院医务部副主任曾凝说，从 26 日开始征集医疗队成员以来，已经收到院内近千份报名："我们报名的同志非常地踊跃，很多人通过微信，通过电话，甚至写下了请战书，主动要求出击。我们是很有信心的，把疫情控制住。"

在出征仪式上，广西首批抗疫医疗队 137 名队员举起右手，共同宣誓："生命重于泰山，疫情就是命令，防控就是责任。我将忠诚履职、勇于担当、不辱使命、不负重托，坚决打赢疫情防控阻击战！"

致敬！

疫情战役中的最美逆行者！

加油！

你们一定要平安归来！

（来源：广西日报等）

疆鄂万里情！新疆首批医疗队驰援湖北

"疫情就是命令，医院就是战场，祖国的需要就是我们的责任，我们义无反顾，履行使命，坚决打赢疫情防控阻击战。"1月28日，由142人组成的新疆首批医疗队集结完毕，带着自治区党委和政府的重托驰援湖北。这是按照自治区党委要求，新疆第一批援助湖北应对新型冠状病毒感染的肺炎疫情的医疗"精锐部队"。

新疆首批援助湖北医疗队集结出发

　　这支医疗队主要以新疆医科大学第一附属医院为主体，第二附属医院、附属肿瘤医院、附属中医医院、第五附属医院、第六附属医院等6家医院共同组建。由医疗、护理、保障人员组成，涵盖重症医学、呼吸内科学、感染性疾病学、急诊医学、消化内科学、心血管内科学、护理学和院内感染等8个专业，医疗队队员中具有高级职称的22人，中级职称的40人，初级职称的76人。医疗队队员中有多人参与过非典疫情防治和汶川、玉树抗震救灾，具有丰富的应急救援经验。医疗队主要工作任务是支援湖北抗击新型冠状病毒感染的肺炎疫情，救治当地患者。

医疗队员与家人告别

　　1月27日，新疆医科大学召开援鄂抗"疫"医疗救援工作部署会，校党委书记高发水作了动员讲话。会后，各医院向医务人员发出倡议，短短1小时，医务人员报名数千人。

　　"我前期就已经做好了准备，有号召必应战，这是医务工作者的使命。这次新疆医科大学党委向各附属医院全体医务人员发出援鄂抗'疫'的号召后，我毫不犹豫地报了名，家人也非常支持我，我和同事们会坚决完成好这次任务。"新疆医科大学第一附属医院急救·创伤中心副主任、重症医疗组组长杨建中说。

　　在出发当日，很多医务人员家属也去为新疆首批驰援湖北医疗队送

医疗队员与家人告别

行、鼓劲，希望他们帮助湖北早日打赢这场疫情防控阻击战，平安归来。"昨天晚上医院公布了援助湖北医务人员名单，我第一时间回家给爱人收拾好行李，一方有难八方支援，哪里有需要我们就要第一时间去支援，我们都有这个觉悟，这是医务人员的职责，当然也有些担心，但是我相信他和新疆医疗队一定能圆满完成任务。"朱建红和爱人张新军都是新疆医科

新疆医科大学第一附属医院医护人员签下决心书

大学附属中医医院的医生，她让出征武汉的张新军放心家里，安心去湖北援助，同时多注意身体。

"湖北援疆这么多年，很多医生都不顾小家来援疆，给新疆作了很大的贡献，现在湖北有难，我们岂能不帮？"在采访中，新疆首批援助湖北医疗队的医务人员都纷纷表示，病毒无情人有情，新疆的医务人员已做好准备，召之即来、来之能战，不计个人得失，打赢这场疫情防控阻击战。

（来源：人民网）

广东：第二批白衣铁军启程，奔赴武汉抗"疫"一线

1月28日，第二批广东驰援武汉医疗队出发！一早，来自汕头、梅州、东莞、茂名等地的白衣天使们已经前往广州，与中山大学附属第一医院、中山大学附属第六医院、南方医科大学第三附属医院以及广东省妇幼保健院的同行一起出发，奔赴武汉，开展新型冠状病毒感染的肺炎的救治工作。

作为此次第二批广东赴武汉抗新冠病毒医疗队的队长，中山大学附属第六医院副院长姚麟表示，这次医疗队对自己的定位是"千里跃进武汉"。广东作为抗击疫情的主战场之一，各家医院依然提供了许多物资，很多医

务人员都积极报名参加赴武汉医疗队。

1月27日，中山大学附属第六医院举行援助湖北应对新型冠状病毒感染的肺炎疫情医疗队出发仪式。17名思想素质过硬、业务能力过硬的医护人员组成支援湖北医疗队，医疗队员都是来自重症医学、呼吸、内科等专业医疗、护理以及医技骨干，医疗队平均年龄38.4岁，最高年龄59岁，最小年龄仅为23岁。

听闻号令，即刻出征！一听说广东省卫生健康委组织第二批援助湖北医疗队的消息，南方医科大学第三附属医院共有338名医护人员踊跃报名。医院选派18名医护人员奔赴疫区，其中3名医生，1名技师，14名护士。

"不管能不能被选上，我都做好专业知识学习，时刻准备好去支援。"神内康复科护师陈晓敏说，为了能够前往武汉进行支援，她住在医院附近

准备出发的队员宣誓后在横幅上签字

随时待命，这种精神打动了院方，最终院方为她争取到了额外的名额。

1月28日下午3时，南方医科大学第三附属医院为医疗队举行了简单的出征仪式。

呼吸内科医生张达成是一名已经有18年党龄的党员，在这次援助活动中奋勇当先，成为此次南方医科大学第三附属医院医疗队的领队。"我感到很激动，同时倍感紧张，我一定带着团队圆满完成任务，平安归来！"张达成是两个孩子的父亲，一个两岁多，一个刚出生未满两个月，虽然家里有老有小，但张达成的家人都非常支持他去武汉。同为医护人员的妻子和家里老人表示会共同承担照顾孩子的责任，他们嘱咐张达成"不要有思想包袱，轻装上阵"。

心血管内科男护士卢俊是武汉人，他向护士长发信息：我想去支援那个生我养我的城市，那里有我的父母、兄弟姐妹、恩师好友……"我觉得要克服的困难就是穿纸尿裤吧，毕竟人生中第一次给自己买纸尿裤穿。"被选上后，护士长询问是否有其他困难，卢俊说，前往援助的医护人员由于工作时间长而且身着防护服上卫生间不方便，因此大都穿着纸尿裤。

这支"逆行者"队伍，平均年龄不超过30岁。面对疫情，他们主动请战，支援湖北，义无反顾。

1月28日，第二批出征的中山大学附属第一医院队员正准备前往机场，奔赴武汉。此次出征的队伍以年轻的医护人员为主，年龄最大的48岁，年龄最小的24岁，平均年龄为30岁。

中山一院呼吸内科医生黄建强带队出发，本来他是第一批出发，但因为时间紧促，改为第二批。

在中山一院第二批出发的队员中，来自呼吸科的陈娟是年龄最小的一位，1996年出生的她这几天都住在科室里，时刻准备出发。"从小事做起，从力所能及的事情做起。"陈娟说，自己作为一名党员，应该做的事情就去做，保护好自己就行。

出发前，重症医学科主治医师王翠苹与好朋友深情拥抱，泪水夺眶而出。疫情严峻，王翠苹已做好了心理准备，"体力肯定是会透支，一位医生穿防护服，不能喝水不能上厕所，持续工作数小时。"但关键时刻，只能坚持下来，王翠苹清楚这一点。

前方工作压力大，医生护士需要释放压力。王翠苹说，自己适当与"重症大家庭"倾诉、沟通，获得安慰支持，更好地开展工作。

"我们番禺NICU的男护士请求领导，派我们上前线，我们男护士身体素质好，能适应高强度、长时间的工作。同时心理适应能力更胜一筹，家庭负担也已全部安排妥当，已无后顾之忧。我们来之能战，战之能胜！"

动员通知一发下去，半个多小时，省妇幼保健院的医生护士踊跃报名。护理部林文璇主任说，不到20分钟，80多名护士纷纷响应自荐，全院43名男护士集体请战，6个报名名额短短几分钟认领完毕，后续报名的护士将列入医院后备名单。

广东省妇幼保健院内科医生邹燕敦表示，本次医疗队共有9个人，分别来自呼吸科、重症医学科和急诊科。他说，疫情严重，作为一名医生，责无旁贷，希望能尽自己所能，为大家带来健康。

1月28日，大年初四上午8时30分，梅州市援助湖北医疗队出征仪式在市政府举行。此次援助湖北医疗队共有21名医务人员，13名来自中山大学附属第三医院粤东医院，8名来自梅州市人民医院。他们穿戴统一的队服，佩戴红色围巾，在亲友们的陪伴下，带着全市人民的嘱托和期盼，踏上奔赴武汉前线战场的路。

1月28日早上8时30分，24名由茂名市医疗系统选派的援助湖北医疗队队员携带医疗物资在茂名市疾控中心集结，逆向而行出征湖北武汉支援疫情救治工作。茂名市援助湖北医疗队共24名队员，7名来自茂名市人民医院，12名来自高州市人民医院，3名来自茂名市中医院，2名来自高州市中医院，队伍构成主要涉及呼吸科、感染性疾病科、重症医学科等，都有传染病防控工作经验。

1月28日上午，来自东莞6家医院、22名队员组成的"白衣铁军"，奔赴武汉，支援抗击疫情前线。22名队员全部来自东莞三甲医院，为呼吸内科、感染性疾病科、重症医学科、呼吸与重症医学科的学科带头人或业务骨干。

1月28日上午，汕头大学医学院第一附属医院、汕头市中心医院选派24名医务工作者奔赴湖北开展医疗援助。

（来源：南方日报、南方+）

四川：第二批支援湖北医疗队再出征

1月28日下午，四川省第二批援助湖北医疗队150名队员启程出征。

四川省已派出两批医疗队援助湖北。第一批138名医疗队员1月25日启程出征。此次派出的150名队员，分别来自省卫生健康委机关，广元市、绵阳市、宜宾市、自贡市、乐山市、遂宁市的28家医院和中国医学科学院输血研究所。

来自自贡市第四人民医院重症医学科的男护师赵洪祥有8年工作经验，既是护理的行家里手，又是重症医学科呼吸治疗师，他说："我不能

为了小家而不顾大家，现在国家发生了灾难，作为医务人员，应该挺身而出。我会尽自己最大的努力，为抗击疫情贡献一分力量。"

自贡市中医院检验科主管检验师钟兴波征得妻子同意，第一时间报了名，写下请战书："我工作了 10 年，拥有了专业主管检验师职称，也有工作积累，在艰苦条件下非常有信心做好工作。"同时他也坦言："最不放心 5 岁的儿子，有时间就会与家人视频。"

有 17 年工作经验的周娴是自贡市第一人民医院的感染科主管护师，她说，作为一名中共党员，她毫不犹豫地报名参加了，"国家有难，我们义不容辞！只有我们医务人员冲锋到一线去，才能换来更多人的平安与健康"。

新婚夫妻约定一起度蜜月

遂宁市中心医院的林正泽，是一名 ICU 的男护士，两天前的一个凌晨，他在微信朋友圈中看到医护人员去武汉的"请战书"后立即与妻子商议，要报名参加此次奔赴武汉疫情最严重区域的行动。林正泽的决定获得妻子刘梁的全力支持。两人于 2019 年 5 月刚举行婚礼，因忙于工作一直没时间度蜜月。刘梁说，她要在家等丈夫凯旋后，再完成蜜月之旅。

为白衣天使们准备的送行现场没有鲜花，没有礼炮，只有无数亲朋和同事们的期盼。"国家需要时我们义无反顾，给了我们继续前行的信心和勇气。"遂宁市第一人民医院医生唐菊梅、祁小菊、黎晓蓉整理好行囊，带着全院 800 余名医护人员的希望出发了，在遂宁市卫生健康委与"战友"会合，驰援湖北。

在送行现场，唐菊梅与爱人相拥。爱人在妻子耳旁细声念："好好工作，好好保护自己，到了就打电话报个平安。"唐菊梅喉咙里半天挤出一个"嗯"字。夫妻俩的告别没有过多言语，他们知道此次出征湖北的重要意义。

出行前与家人的话别

1月28日大年初四早上7时，天还没亮，天气刺骨地寒。而此时广元市25名医生护士已经集结在市政府，他们拉着行囊，即将出发前往成都双流机场与其他5支队伍集合，作为四川省第二批医疗援助队，一起出发前往武汉。

"生日快乐，果果，等着爸爸回来陪你搭积木。"就在前一晚，市中心医院重症医学科的副护士长高斌在朋友圈写下了这句话，昨天是他儿子的生日，刚满4岁。告别妻儿，他在出征仪式上说："疫情就是命令，在疫情面前每个医生护士都想站出来，我能够代表广元去支援武汉，感到非常光荣，这是医院对我们的信任，这份信任也使我们有非常坚定的使命感！"

"科里其他同事年龄比较小，我参加过2003年非典病例筛查的工作，在传染病防控方面有丰富经验，再者我是一名中共党员，在疫情防控的关键时刻，必须担起这份责任！"向光明说。而向光明家里，还有两个4岁的双胞胎宝宝，母亲身体不好，他告诉父母时，父亲作为一名老党员给他打气："儿子，我支持你，你妈妈我来照顾，你就放心吧！我们等你早日回来！"出发前，向光明陆续收到很多问候的短信和微信，他统一回复，谢谢大家对我们的关心，我们一定不负众望，圆满完成任务！我们也一定会平安回来的！

市第一人民医院呼吸科的护师赵英明大年三十（1月24日）和初一都在医院值夜班，接到通知就报了名。出发时，丈夫、公公婆婆全家人都一起来送她。她对婆婆雷雪云说，"妈妈你放心，你帮我把孩子照顾好，照顾好自己，我就可以一心一意地工作，不会被传染。"上车之后，婆婆在车外悄悄抹眼泪，"她是很好的媳妇，很好的母亲，也是很负责很优秀的护师，我们等她回来！"

"我们将不忘初心，不辱使命！我作为队长，要带领好团队，众志成城赴武汉，平平安安回广元！"市中心医院呼吸内科主任曾茄是此次广元医疗队的队长，他在呼吸内科工作13年，2003年抗非典时上发热门诊，2009年参与重症甲流病人的抢救，同时还是2016年白龙湖沉船事故的医疗救治专家组组长。作为队长，他深感责任重大："我要带领整个医疗团队，完成救治任务；同时要保证全部队员良好的生活状态，不要感染，把他们带出去，就要全部带回来！"

相信家人能理解我

"我参加工作12年，在呼吸科就待了10年，感染科待了2年。"赵洁琨今年35岁，是绵阳市中心医院中医科副护士长，也是此次前往武汉的医护人员之一。赵洁琨原计划春节陪刚读一年级的儿子外出旅游，当疫情发生的第一时间，她主动请缨加入医院发热门诊的防控团队，错过了陪孩子的时间，错过了除夕夜阖家团圆。其实，赵洁琨还是觉得亏欠儿子，无法实现带儿子出游的诺言。但在疫情面前，赵洁琨选择了抗击疫情。"在外抗击疫情，就是保卫我们绵阳。相信儿子能理解我，家人能理解我。"

还有4个月，绵阳市第三人民医院重症医学科主管护师樊婷婷就将穿上漂亮的婚纱，与当兵的丈夫一起走进婚礼的殿堂。当得到支援武汉的消息后，樊婷婷主动报名去武汉战"疫"，并剪掉美丽如丝的长发。她期待像丈夫那样，用血肉之躯铸就保护人民的钢铁长城。"头发还能再长，婚礼可以延迟，但疫情却十万火急。"樊婷婷说，她相信丈夫会支持她的选择。

"我想尽全力帮助当地医务人员渡过难关。"黄世豪是绵阳市中心医院感染科的一名95后男护士，在接到支援武汉的消息后，他马上向科室报名。"我是单身，没有成家，没有孩子，没有后顾之忧，我申请去前线支援。"黄世豪说，现在正是疫情紧急之际，战斗在武汉一线的医护人员已经不堪重负，有更多的医护人员参与，相信疫情会很快控制。

1994年出生的刘铖一是绵阳市第三人民医院呼吸与危重症医学科护士，一直是父母眼中的乖乖女，而这次却一意孤行要去支援武汉。当她的妈妈听到女儿要去的消息后，哭了整整一夜，小姑娘的眼眶也红了。"爸爸、妈妈，从小我一直没有违背过你们的意思，这次就让我给自己做一回主。"当父母最后同意她的选择后，她心里也不好受。"很理解他们的爱和感受，我好想再抱一抱他们。"刘铖一说着说着就哭了。

这些医护人员，他们也是儿子、是父亲、是丈夫；是女儿，是妈妈，是妻子。然而此刻，他们只记住自己唯一的身份——白衣战士！他们义无反顾踏上征程，紧急驰援湖北，只为打赢这场没有硝烟的战役。致敬最美逆行者！

（来源：健康报网、四川省人民政府网、中国新闻网）

援鄂国家医疗队：重症专家团出征武汉

2月1日下午，受国家卫生健康委委派，由北京中日友好医院、北京大学第一医院、北京大学人民医院和北京大学第三医院院长、书记挂帅，由各家医院重症医学科顶级医疗护理专家组成的国家重症专家团出征武汉。

北京中日友好医院医疗队由院党委书记周军担任领队，队员来自该院呼吸与危重症医学科、急诊科、外科重症医学科、肺移植科、普通外科、内分泌科、国际部等科室，共有医生6人，呼吸治疗师1人，护士16人，

管理干部 2 人。

北京大学第一医院医疗队由院长刘新民带队，其他成员有呼吸和危重症医学科副主任张红、护理部科护士长王玉英、医务处孙璐。

北京大学第三医院医疗队由院长乔杰带队，其他成员有北医三院副院长、呼吸与危重症医学科副主任沈宁、急诊科主治医师李姝和党院办干部李翔。

北京大学人民医院由党委书记赵越挂帅，重症医学科精锐专家团队一行出征武汉。

"只要被需要，我们义无反顾。"——北京大学第一医院医疗队

临出发前北医三院的队员们再次强化了感控相关培训

登机前，北京大学人民医院重症医学科安友仲主任赋诗一首："老夫聊发少年狂，赴汉口，跨长江，医亦凡人，匹夫尽责灭疫狼！"

（来源：中国网）

十支国家紧急医学救援队
驰援武汉！

　　疫情就是命令，防控就是责任。为了遏制病毒的传播，大江上下、长城内外都行动起来了，无论是东海之滨的浙江，还是黄河上游的宁夏；无论是山海关外的吉林、辽宁，还是一江之隔的湖南、一山之远的河南；无论是长江上游的重庆，还是长江下游的上海；无论是祖国西部的陕西，还是祖国东部的江苏，都把优秀的医疗团队派到湖北支援。疫情考验出神州大地的众志成城、万众一心，也考验出新时代中国的制度效力和治理能力。单则易折，众则难摧，集众智众力，就没有克服不了的困难。

　　2月4日早上7点30分，郑州大学第一附属医院国家紧急医学救援

队正式集结，誓师出征，驰援武汉。45 位救援队战士即将踏上前往武汉的列车，奔赴抗疫第一线。该院国家紧急医学救援队组建于 2012 年，2014 年 12 月 5 日，正式成为全国 19 支救援队之一，也是河南唯一一支国家卫生应急队伍，有能力应对各类卫生应急救援事件。

2 月 4 日上午，中南大学湘雅二医院国家紧急医学救援队集结出发，42 名医生、护士、后勤等人员随医院的国家医疗移动救护车队驱车北上。预计经过 7 个多小时路程，这所全副武装的"移动医院"将抵达武汉，驰援第一线抗击疫情。

此次出发的救援车队包含手术车、医技车、药品器械车、能源保障车、生活保障车、门诊车、宿营车、检验车、通信指挥车等 10 台车，车队加上由医护人员和医技后勤保障人员组成的专业化救援团队，相当于派出了一个医院！

2 月 4 日一早，浙江国家紧急医学救援队从浙江省人民医院出征武汉。本次救援队由浙江省人民医院副院长何强带队，21 位队员全部来自浙江省人民医院急诊科、重症科、呼吸内科、肾脏病科、感染病科、神经外

科、放射科、检验中心、重症监护室、血液净化、麻醉复苏等临床医技科室和护理单元，另外救援队配备了 12 位后勤保障人员。

车队由应急指挥车、救护车、检验车、水电油保障车、应急物资保障车和运兵车等 6 辆特种车辆组成，满载 5 万余件防护用品和常规药品以及部分生活用品，救援队将为提高当地疫情防控技术水平和检测水平积极贡献力量。

陕西国家紧急医学救援队于 2 月 4 日早 9 时出发奔赴武汉。这也是陕西省人民医院派出的第三批援助武汉的医疗队。43 名医疗队员中有 28 名医疗、护理、医技三大类专业技术人员，涉及急诊内科、妇产科、儿科、心理科、神经内科、肾内科、影像医学、检验医学等 12 个专业科室。

陕西省人民医院国家紧急医学救援队移动医院由指挥车、放射车、检验车等医疗特种车组成，相当于一个二级乙等医院的规模。该移动医院建营大约需要 30 分钟，全部展开占地约 2000 平方米，基本可以完成包括野

外手术、留观在内的常规急诊、急救任务，同时可以保障所有救援工作人员的基本生活所需。

2月4日上午10时，辽宁省国家紧急医学救援队装备（方舱医院）集结完毕，奔赴湖北。根据任务要求，本次辽宁省国家紧急医学救援队

出动专业车辆7台，配备医药技护及管理人员31名，随车配备后勤保障人员15名。每车两名驾驶员轮换不停车，行程2000公里，预计两天抵达。

江苏省派出的国家紧急医学救援队（江苏省人民医院组建）于2月4日下午出征武汉。

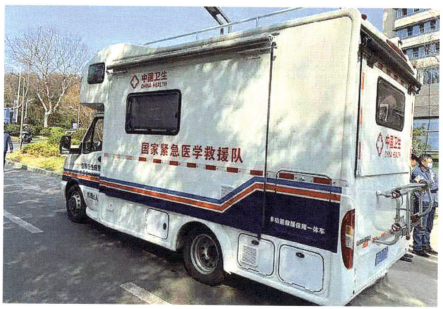

救援队队员共计 36 名，除了呼吸与重症医学专业人员外，还增派了来自药学、检验、放射、感控、后勤等各个部门的专业人员，其中一半人原先是国家紧急救援队的队员，训练有素、专业能力强；队长陈旭峰是江苏省医疗卫生先进人物，参加过汶川地震救援，也是 ECMO（体外膜肺氧合）救治方面的专家。

2 月 4 日下午，上海国家紧急医学救援队 101 人从虹桥高铁站出发驰援武汉。这批医疗队由两支队伍组成，分别来自华山医院、东方医院。

据悉，华山医院这次一共派出了 46 名队员，有外科、内科、麻醉医生，能进行小型手术，还有 ICU 护士等。针对这次疫情对放射科诊疗上需求比较高的特点，也有放射诊疗科的医生随行，可以给病人做初步处理，后期保障。另外，随行的还有后勤保障厨师、保安和电工。东方医院派出了 55 名医疗队员，其中包括 35 名医生。可在无后方支援的情况下运行 14 天，具备完整的医院救治体系，能够独立承担突发公共卫生事件的

紧急救治任务。

由5辆方舱车组成的吉林大学第一医院国家紧急医学救援队4日启程赶赴湖北支援。

吉林大学第一医院国家紧急医学救援队由医院重症监护室、呼吸科、急诊科、检验科、胃肠内科、放射线科、第一手术室、神经创伤及整形修复、神经外科ICU、肝胆胰外科、心血管疾病诊治中心、后勤管理部等科室部门的32名医生、护士、医技和后勤人员组成。

本次派出的援鄂医疗队车辆共5辆,包括检验车、检查车、能源保障车、宿营车、生活保障车。救援队伍可在短时间内通过车辆展开并与帐篷系统连接成为机动性强的"方舱医院",具有急救、门诊、外科救治、监护治疗、化验和医疗供应等功能,能满足边远地区紧急就医的需要,具备较强的通过性及灵活性。

2月4日中午12点,由重庆医科大学附属一院15名医护人员组成的国家紧急医学救援队,出征驰援武汉。

出发奔赴武汉开展新型冠状病毒防治工作的队员,全部为国家(重庆)

紧急医学救援队成员，他们包括急诊、重症、手术室的医护人员，检验、药学等专业技术人员，以及后勤综合保障组的专业装备车驾驶员及水电技师。

重医大附一院介绍，第二批援鄂医疗队准备了国家（重庆）紧急医学救援队的普通门诊车、医学检验车、油电车、药械车等4台设备车辆。抵达湖北后，将与重庆市卫生健康委增援的其他设备车辆组成一个"移动"的"县级医院"，为湖北抗击疫情提供援助。

2月4日晚10时，宁夏国家紧急医学救援队38名队员出征武汉，支

援抗击新型冠状病毒疫情前线。38 名队员包括医疗、护理、药品、医技以及后勤保障科室等工作人员。

宁夏国家紧急医学救援队是宁夏医科大学总医院受宁夏卫健委委托承建的宁夏唯一一个国家级紧急医学救援队，2019 年 12 月正式成为国家队的一支队伍。

（来源：综合自微信公众号"健康报""长沙交通广播""健康浙江""沈阳日报"、陕西都市快报微博、现代快报、文汇报、中国新闻网、封面新闻、中国网）

互喊加油，四大"天团"会师武汉！

"北协和、南湘雅、东齐鲁、西华西"都去支援武汉了！

2月7日，山东大学齐鲁医院和四川大学华西医院的医疗援助队在武汉天河机场相遇，他们将共同接管武汉大学人民医院东院区。

除了"东齐鲁、西华西"，"北协和、南湘雅"多批医疗队也驰援武汉！

四大"天团"
会师 强强联
合助力武汉

中南大学湘雅医院 V

2月7日 20:42 来自 荣耀V10 我AI的快

【出征前，男队员剃光了头发，女队员剪短了秀发】为了防护需要，中南大学湘雅医院第三批援鄂国家医疗队队员今天在出征前做了同一件事：理发，男医生剃光头发，女护士剪成短发。心内科护士邓桂元援非抗击埃博拉曾经剪过短发，这次特意让爱人帮忙剪发："希望这次能像抗击埃博拉一样，实现打胜仗、零感染、全治愈。"#湘雅医院国家医疗队奔赴武汉#

收起全文 ∧

☆ 收藏　　　↰ 27　　　💬 16　　　👍 144

　　2月7日13时，北京协和医院第二批援鄂抗疫国家医疗队142名队员乘机驰援武汉。

　　2月7日下午，中南大学湘雅医院第三批援鄂国家医疗队130人（30

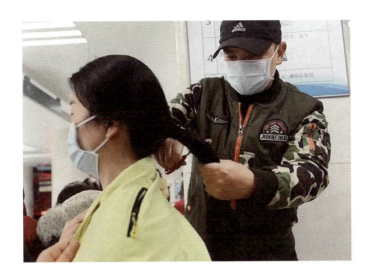

名医生、100 名护士）北上援鄂，将接管武汉协和医院西院区重症病房。

为了防护需要，中南大学湘雅医院第三批援鄂国家医疗队队员在出征前做了同一件事：理发，男医生剃光头发，女护士剪成短发。

"南湘雅、北协和、东齐鲁、西华西"这个说法，相信很多学医的人都有所耳闻。

新华社有篇报道把它们称为中国医学教育四家"百年老店"，是 20 世纪 30 年代就闻名中华的医学教育四大品牌。它们从历史到今天不断刷新中国医学教育的高度。

有网友表示，北协和、南湘雅、东齐鲁、西华西，中国医疗界最顶尖的"王炸"带上各省份的"天团"会师武汉！今天看到最戳心的一句话是：全村的龙已把最硬的鳞给你，哪怕自己也伤痕累累，所以，武汉，加油！

2 月 7 日，国家卫健委表示，对武汉和湖北的医护人员驰援总数已有11000 多人，其中有 3000 多名医护人员是重症专业的医生和护士。

国家卫健委医政医管局监察专员郭燕红表示：其实除武汉以外的一些地市，医疗资源和患者需求之间也存在矛盾，"我们现在建立了 16 个省支援武汉以外地市的——对口支援关系，以'一省包一市'的方式，全力支持湖北省加强患者的救治工作，维护好人民群众的生命安全和身体健康"。

国家卫健委派驻了全国最强的、水平最高的重症救治专家团队在武汉负责指导、会诊、巡诊工作。

看到精锐"军团"支援湖北，网友表示，全国各地都用了各自的"王炸"，春暖花开总会到来！

（来源：中国青年报）

二、抗"疫"·战斗

人民生命高于天！军队在战"疫"一线书写着"人民至上"的答卷

湖北武汉，中部战区总医院门诊部大楼前，一行石刻的铭文格外醒目——一切为了人民健康！

初心如磐，使命在肩。这句话，不仅刻在这座军队医院楼前的石头上，更刻在军队支援湖北医疗队队员们的心中。

连日来，他们坚决落实习近平主席重要指示精神，全力以赴，争分夺秒，在战"疫"一线书写着"人民至上"的答卷。

人民至上——这是党的核心、军队统帅的殷殷嘱托：各级党组织和广大党员干部必须牢记人民利益高于一切。

人民至上——这是人民子弟兵的政治担当：牢记人民利益高于一切，勇当人民生命安全和身体健康的捍卫者、守护者。

人民至上，忘我奋战。从除夕夜抵达至今，军队支援湖北医疗队一直与武汉人民并肩战斗。支撑他们夜以继日与疫情抗争、与病魔战斗的，除了必胜的信念，还有那份人民生命高于天的深深情怀。

不惜一切　全力以赴
"派经验最丰富的医护人员，派最强的骨干力量"

家人遇到危难的时候，你会怎么做？

尽管每个人的具体选择不一样，但大多数人都会认同这个答案——"不惜一切，全力以赴"。

当人民遇到危难的时候，人民军队用无数次行动作出了同样的回答。

荆楚大地作证：这是一支为了人民可以赴汤蹈火奉献一切的军队。

亿万人民作证：军队支援湖北医疗队是一支勇于担当的先锋队、突击队。

"派经验最丰富的医护人员，派最强的骨干力量。"这是组建军队支援湖北医疗队时的共识。陆军军医大学医疗队、海军军医大学医疗队、空军军医大学医疗队……担当，不仅体现在医疗队的名称上，更体现在队员的

军队支援湖北医疗队队员对危重症患者进行查房

履历上。

翻阅 3 支医疗队队员名单，记者发现许多熟悉的名字。在抗击非典、抗震救灾、援非抗埃等重大任务中，他们用出色表现证明了专业实力——

陆军军医大学医疗队专家毛青，先后参加过抗击非典、援非抗埃等任务，具有丰富的实战经验。接到奔赴武汉的任务时，他正在医院布置预防新型冠状病毒扩散的工作。

海军军医大学医疗队队员陈静，2014 年受命援非抗埃，和战友们并肩战斗，实现了"打胜仗、零感染"的目标。2018 年，她又随和平方舟医院船执行长达 8 个月的任务。

海军军医大学医疗队重症监护室护士长陈静介绍一线工作情况

空军军医大学医疗队队员宋立强，参加过抗击非典、抗震救灾等重大任务，长期负责呼吸重症监护室。

……

跨越时空，作为当年小汤山医院抗击非典医护人员中的一员，中部战区总医院护士长刘孟丽又一次站在疫情防控一线。

这一次，她战斗在武汉市肺科医院，忙碌在救治患者最前线的隔离病房。

从 1 月 21 日起，刘孟丽带领中部战区总医院派出的医疗队，平均每天工作 12 个小时以上……

勇于担当，带来信心，带来希望——

"解放军来了，我们就放心了！"进驻武昌医院第一天，一位戴着口罩、捂得严严实实的大姐脱口而出的这句话，让空军军医大学医疗队队员李芳自豪不已。

这句话，蕴含着太多的信任和重托。连日来，李芳和战友们倾尽全力投入一场场战斗，也将无穷的力量带给那些与病魔战斗的患者。

奋不顾身　一往无前
"我一定要作为第一批队员进入病房"

军队支援湖北医疗队队员进入武汉武昌医院重症监护室

"我很害怕老了以后回忆起来，一辈子没做过几件有意义的事，那很悲哀。"1月21日，陆军军医大学医疗队队员王斌在微信朋友圈里写道："祖国和人民需要我，就算死也有意义。"

那时候，王斌还不知道，几天后自己将赴武汉做一件"特别有意义的事"。

浏览更多军队支援湖北医疗队队员的微信朋友圈，发现许多类似的表述——

"主动请缨奔赴一线，服从安排坚守岗位""我还是坚决要求去前线""驰援武汉，若战必回"……

"服务人民，奉献一切。"在这场抗击疫情、拯救生命的战斗中，广大医护人员挺身而出、连续作战，充分彰显了人民军队爱人民的深厚情怀。

越是危险的地方，越是向前冲——

"我一定要作为第一批队员进入病房！"1月26日下午，陆军军医大学医疗队开始接收病人。作为资深专家，毛青坚持和其他队员一起进入隔离病房。这些天，他常常最后一个离开病房。

"每天近距离接触患者，不怕危险吗？"有人问空军军医大学医疗队队员刘蕊。

"都怕，谁来救治患者？"刘蕊这样回答。刘蕊的孩子今年面临中考，眼下正是复习迎考的关键阶段。接到通知后，她义无反顾打起背包就出发。刘蕊所在的病区有50多名患者，一天的工作结束，她的防护服里都是湿漉漉的。

陆军军医大学医疗队进驻金银潭医院，已收治首批32名确诊新型肺炎患者

越是老兵，越是往前冲——

在陆军军医大学医疗队，有7名年龄在50岁以上的专家，被医护人员亲切地称为"50后突击队"。

病区副主任任小宝今年55岁。收治患者第一天，他说："第一天是关键，我必须守在阵地！"

同样55岁的李琦教授，也是第一批走进病房的。那天，他穿着密不透风的防护服，一口气查清了37名患者的基本情况。"疫情就是战斗，作为一名老兵，我必须上！"他说。

爱我所爱　无怨无悔
"在最危险的时候更应该陪在患者身边"

因为长时间穿戴防护服和口罩，梅春丽的脸上被勒出了深深的印痕。这是一条让女儿都感到陌生的印痕。

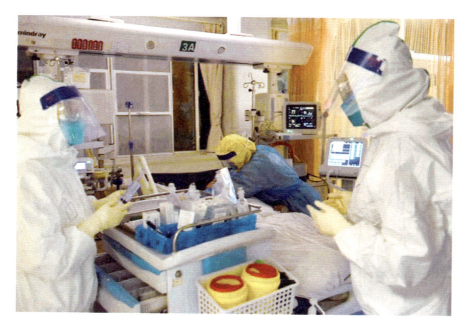

军队支援湖北医疗队队员紧急救治危重患者

——那张脸上带着印痕的照片，连续几天登上微博热搜榜，让这位空军军医大学医疗队队员不经意间成为"网红"。

网友赞叹：这是最美的脸，脸上的印痕有多深，爱就有多深！

同样被无数网友记住的，还有那位面对镜头不肯说出姓名的女护士。这位戴着口罩、看不清面孔的年轻姑娘，同样来自军队支援湖北医疗队。

"我不知道你是谁，我却知道你为了谁。"这个春节，无数人的心头一遍遍响起这句难忘的歌词。这个春节，军队支援湖北医疗队队员用实际行动演绎着震撼人心的旋律。

金银潭医院综合病房楼 5 层一片寂静，陆军军医大学医疗队队员彭渝还在电脑前忙碌。这个春节，彭渝和爱人原计划回家看望双方父母。接到命令后，已在单位连续值班 4 天的她没来得及回家就踏上了征程。"我爱人给我发了一条特别感人的微信，还发来了孩子拜年的视频。"彭渝说，"他们是我所爱的人，他们一定能理解我在这里做的每一件事。"

这番话，也是所有军队支援湖北医疗队队员的心声。他们出发时，每个人都带上了家人爱的叮咛；他们抵达后，每个人都将爱倾注给患者。

爱我所爱，无微不至。

在病房隔离区的日日夜夜，医疗队队员赵晓宇想尽办法，只为更准确地听懂患者的话。因为本地患者口音重，加上层层防护，北方长大的赵晓宇有时听不明白。她不厌其烦，或放慢语速，或打手势，解决了一个个沟通难题。

除了精心护理，赵晓宇和同事还主动做好患者和家属的情绪安抚和心理疏导工作。"拿出对待家人的耐心。"这是她们的座右铭。

拿出家人般耐心的，还有中部战区总医院感染内科发热门诊的护士们。这些天，她们一直奋战在抗击疫情最前沿。对重症发热患者，她们坚持半小时量一次体温。此外，她们还要照顾患者的饮食起居、清理病房垃圾。有患者心疼地对她们说："真不好意思，把你们累坏了！"她们笑着回答："我们现在还顾不上累呢！"

爱我所爱，无怨无悔。

连日高强度工作，穿着闷热防护服的沈雪感觉阵阵头晕，几近虚脱。细心的领导考虑到沈雪的身体状况，把她换到半污染区工作。谁知第二天，身体刚刚好转的她就申请再次回到 ICU 病房。"我是呼吸科护士，在最危险的时候更应该陪在患者身边。"她说。

在一个个病房，近乎零距离的守护让患者感动不已。这些天，金银潭医院一位病情较重的患者，时时牵动着陆军军医大学医疗队队员唐杰的心。一次，唐杰用湿棉签给这位患者湿润嘴唇时，患者突然呕吐起来。唐杰迅速清理污物，然后拿出床下的脸盆，倒上温水，一点点为患者擦拭干净……

人民至上，忘我奋战。战斗在继续，爱的接力在继续——

这场抗击疫情的战斗，充盈着人民子弟兵对人民最深厚的爱，必将取得胜利！

（来源：解放军报、学习军团）

驰援武汉的国家医疗队，
奋战一线进行时

为了疫情防控需要，国家卫生健康委从北京医院、中国医学科学院北京协和医院、中日友好医院、北京大学第一医院、北京大学人民医院、北京大学第三医院六家在京委属委管医院，抽调 121 名医护专家组成国家援鄂抗疫医疗队于 26 日驰援武汉。如今已经在防疫一线紧锣密鼓地开展临床工作。

六家医院的医疗队目前共同进驻华中科技大学同济医院中法新城院区。随着病房的增加，收治病人数量不断增长。

大年初二，国家援鄂抗疫医疗队抵达武汉

刘正印是北京协和医院感染科主任医师，同时也担任北京协和医院援鄂抗疫医疗队的队长。经过几天的临床一线观察，他目前对新型冠状病毒的认知还在不断加深的过程中。

当患者出现没有特定治疗手段且危及生命的病症时，应优先进行对症治疗，这需要医务人员有足够丰富的临床经验。

"医院派出人员经过充分考虑，特别挑选了很多经历过抗击 SARS 的同志参战，希望能够把抗击 SARS 的经验带到此次战斗中来。"北京协和医院重症医学科副主任周翔坚信，他们能够战胜此次疫情。

此外，队员人选还考虑到了各学科的均衡。北京医院心内科副主任医师刘兵表示，这支国家医疗队以呼吸、重症、急诊等相关专业为主，也注意了其他专业的科学搭配。

在抗"疫"一线，国家医疗队也做好防护措施，保障队员不被感染。"从北京来的国家医疗队，这次防护的相关培训是很到位的。并且与当地的医护人员保持着密切沟通、相互监督，一起做到零感染。"刘正印表示。

据医疗队队员介绍，六家医院根据现有条件，梳理流程，统一标准，考虑到防护物资紧张的问题，医疗队用一套相关物资反复多次练习防护服的穿戴，一一考核，所有人在上岗前都通过了考核。院感人员和医生护士团队共同制定了回到住地的消毒制度，包括每个楼层均配置免洗手消毒凝胶，做好手部卫生，严格管理进入病区的衣物，在个人住处划分"半污染区"和"相对清洁区"等。

"我们从自身做好防护，将感染风险降到最低，我们六家医院有信心能够打好这场战役，战胜新型冠状病毒感染的肺炎疫情。"中日友好医院援鄂抗疫医疗队副队长、呼吸与危重症医学科副主任医师杨萌说。

北京协和医院重症医学科护士长李奇也表示，对所有参与救治工作人员要进行严格培训和要求，包括卫生员、配餐员。"只有所有人都严格遵守隔离防护措施，才能遏制疫情进一步扩散。"

规范培训固然重要，防护物资也要保障供应。尽管出发时六家医院都为医疗队员准备了防护物资，但是由于日常消耗量大，绝大部分还需当地调配支持，有时还是存在物资短缺现象。"目前医生只要不进病房，平常都戴普通外科口罩，如果是 N95 口罩都要反复使用才丢弃。希望接下来当地可以合理调配各种型号的防护设备，使情况得到改善。同时感谢同济医院给予的关怀和帮助。"刘正印说。

对于这场战役，医务人员充满了信心。"国家医疗队迅速投入战斗的同时，也要不忘科学、规范、有序。要注意医务人员自己的感染防护，不仅可以增加医务人员以及全国人民抗击疫情的信心，同时也可以减少疫情的传播。"北京医院援鄂医疗队领队常志刚表示。

"虽然我们定好每个班工作 6 小时，实际上都会拖到 8 小时，但是我们没有一个人有怨言，因为我们觉得这是我们的职责。"杨萌说，作为国家医疗队成员支援武汉，已经做好了充足的准备，有足够的信心能够打好这场战役。

"自从进入病房工作后，国家医疗队的医护人员与当地医院的同志配合默契、信心坚定、携手同行、互相支持，相信一定会打赢这场战役。"北京医院 D02 病房护士长董凡说。

（来源：新华网）

湖南援鄂医疗队：放下行李立即加入战斗

"目前我们已经全面投入到黄冈市 2 个医院的医疗救治工作，所有队员实行三班倒，今天轮班的队员已经到医院工作了。医疗队临时党委成立 1 天时间，就收到了 24 份入党申请书，大家情绪非常高昂和饱满。"湖南省首批援鄂医疗队队长高纪平介绍。

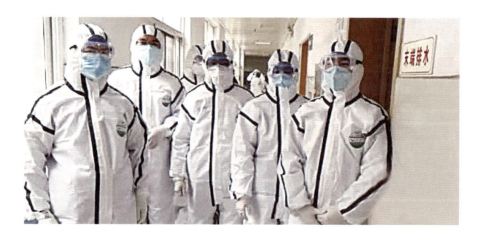

1 月 24 日，湖南省紧急组建全省首批医疗队 137 人。1 月 25 日，大年初一晚，由湖南省卫生工会主任高纪平带队，医疗队紧急驰援湖北。医疗队有 43 名医生和 93 名护理人员，所有人员均从株洲、衡阳两地的三级医院抽调。

　　高纪平介绍，抵达黄冈后，医疗队召开了全体队员大会，开展了新型冠状病毒感染的肺炎和医院感染的控制、新型冠状病毒感染防控，以及手消、戴防护口罩、防护服穿脱等培训。队员练习穿脱防护服，人人都要过关。为了顺利穿脱防护服，女队员都把长发剪为短发；为了预防感染，驻地宾馆每个队员的宿舍区分为三个区：污染区、半清洁区、清洁区。

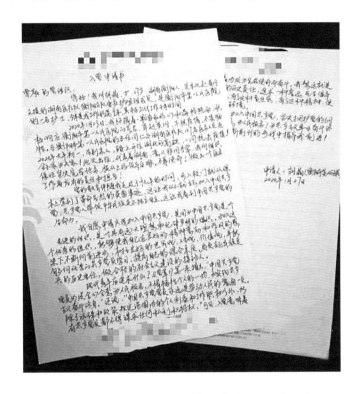

　　1月27日下午，医疗队开始进驻黄冈市惠民医院和龙王山医院，在病房开展救治工作。这是黄冈市的两家定点救治医院，两家医院规模都不大，条件比较简陋，分别有40多个病房，各收治了100多例疑似和确诊病例，医疗压力比较大。医疗队还将派出一支巡回医疗小组，到县里去支援。

　　"下一步，随着黄冈市的'小汤山医院'启用，预计有1000张床位，我们将调整一部分队员到那里工作。根据疫情的变化，我们将随时调整医疗队的工作部署。"高纪平透露，目前医疗物资和防护物资仍然紧张。"我要求我们的队员一定要做好防护，保护好自己，全力以赴打赢这场战役。"

由国家卫生健康委统一调度，中南大学湘雅医院和湘雅二医院派出的共10名护理骨干，也已抵达武汉，放下行李立即加入抗"疫"战斗。中南大学湘雅医院重症医学科护师张春燕介绍，新型冠状病毒感染的危急重

湖南援鄂医疗队治愈的第一例患者出院

症肺炎患者可能会导致多器官功能损伤，危及生命。此时，持续血液净化治疗可以有效帮助危急重患者渡过难关，为后续治疗赢得时间和机会，而这项重要治疗手段对专业技术要求特别高。湘雅医院、湘雅二医院派出的护理专家在以往的临床工作中积累了很多重症医学护理经验，还同时具备现在疫区紧缺的连续性血液净化专业能力。

（来源：微信公众号"健康微湖南"）

驰援武汉的天津医疗队
正式投入病房工作！

1月28日，天津支援武汉医疗救治队集体进入武汉市青山区的武汉钢铁集团第二医院工作，开始接手新型冠状病毒肺炎患者的治疗工作。

天津医疗队138名医疗队员分成6班，每日从住地统一乘坐车辆前往武钢二院。天津医疗队救治工作严格划分绿区、黄区、红区，实施分区管理，强化个人防控具体工作措施"在严格按照国家规范的基础上，采取一人盯一人的感控方案"，确定工作任务总目标"在全力以赴救治感染患者的基础上，务求保障医务人员零感染"。

来自天津医科大学总医院的张蓉作为天津队感控专家要在所有队员进入之前第一个进去红区，为大家做前期预防工作。医疗队员李硕说："我要开展红区救治工作了，请放心，这里一切平安。在武汉，队员们互相鼓励、照顾对方，就像家人一样，请放心，我们一定能凯旋！"

天津医科大学肿瘤医院感染管理科路佳说："作为医院感染管理科的一员，白天工作结束后，晚上也会给队员们再培训一下防护知识和注意事项，争取在保护好自己的同时保护好我们的一线战士，做好防护工作，安全归来。"

为了方便穿脱防护服，不增加感染风险，下午2点半，医疗队员刘明珠"简单粗暴"地减下了自己的一头长发，平时爱美的姑娘没时间顾及好不好看，干脆的一剪子就解决了问题。随后，天津医疗队的队员们纷纷剪去了头发，只要利于工作的开展，没有什么是不能舍弃的。

天津医科大学肿瘤医院消化肿瘤内科刘蕊通过微信介绍了她的情况：这几天一直在筹备整理物资，从报名到现在始终忙得团团转，医院生怕我们在这里过得不好，短短的时间内，准备的物资特别充沛，一打开箱子东西都满得往外蹦。更重要的是做好自身的防护管理，即使是在飞往武汉的万米高空中，队员们也还在进行重点防控知识培训。一落地武汉，我们就又开始整理物资、熟悉环境、成立小组、抓紧培训，要不是看到这里商场上写着的"年货节"，我都忘记这是过年期间了。我们分了6个组，每个组又分成2个小队，定期轮岗，从今天正式接管病人。每2名医护人员管理10个患者，要全面负责患者的治疗和生活护理。我在护理组，今天是夜班，要上到转天凌晨，这个白天还要做好感控培训并适当休整。晚上等穿上防护服就不能吃饭喝水上厕所了，提前垫点糖果避免低血糖，晚饭肯定就不吃啦，等下了夜班再补一顿早饭。这里的市民都非常热情，看见我们行李又多又重，都会主动上前帮忙，嘘寒问暖关怀备至，让我们觉得虽然身处外地，但是一点也不孤单。

天津中医一附院抗击新型冠状病毒肺炎援鄂医疗队党小组组长刘凯医生还发回了一张暖心的图片，那是武汉市民专程送来的食物和饮用水，以及匿名的一张纸条，上面写道："谢谢你们，聊表心意，略尽微薄之力。——一个普通武汉人"

孙志萍是来自天津中医药研究院附属医院的一名护士长，被分在医疗队的感染科。27号晚上10点多，在大家都准备休息的时候，她还在热心地为大家落实转天进红区的防护用品，丝毫没有顾上和家人报声平安。一直等不到妈妈的回信，孙志萍的儿子发了条朋友圈，他说："本来想直接说的，有的实在说不出来，我不想当您面歇斯底里。儿行千里母担忧，母行千里儿亦然……我会照顾好我爹的，提醒他按时吃药，我也不满世界跑,在家学习,您老放心。多注意自己身体,勤洗手,盐水漱口,到那儿可能吃的东西不会多好,但不管多累一定多吃一些,这样才能有抵抗力。我查了一堆预防措施和该吃的水果蔬菜,我也没查医务人员该咋整,您老应该懂得比我多,一定多注意、别大意。身为您的孩子,我为有您这样的母亲感到骄傲!我为您的担当和责任而自豪!"

1992年出生的赵悦来自天津市第三中心医院,此次她是天津医疗队重症医学科的一名护士。今天晚上就要进红区工作了,可她却不打算告诉爸爸了。她说:"今天进红区的事不打算告诉我爸了,要不他又得一夜不睡觉,除夕夜知道我要来武汉的时候,他就一晚上没睡。"尽管担心女儿的安危,可是爸爸却也一直鼓励着她:"国难当头,匹夫有责;疫情当前,医者有责。赵悦,爸妈支持你,最大的愿望是你早日平安归来。"

(来源:健康报)

河南医疗队：
用每个人的努力结束这场战役！

1月26日，137人的河南首批医疗队，驰援武汉。1月28日，河南医疗队正式投入战"疫"。入鄂第一天，河南医疗队队员厉兵秣马，备战新型冠状病毒。

同浙江医疗队并肩作战

1月27日23时15分，电话一端的新乡医学院第一附属医院结核一科副主任医师崔俊伟的声音里透出疲惫，但他仍兴奋地表示，武汉人民非常感谢河南同胞对武汉防疫抗"疫"工作的支持，队员们很欣慰。

崔俊伟说，1月27日早上8点，河南医疗队准时进行了培训。当地政府选派了有关专家，就疫情整体情况，疫情救治工作的开展，医务人员在疫情防控中如何做好自我防护，避免交叉感染等工作进行了详细解读。经过专家的解读，更加坚定了队员们的信心，鼓舞了士气。

河南医疗队整体支援医院是武汉市第四医院。武汉市第四医院是一家三甲综合医院，为了响应防疫工作的整体安排，武汉市第四医院整个医院转移病人，将一栋楼设为发热门诊，专门接待发热病人。医院计划先开1

个病区，待队员适应后再开1个病区。

在商讨中，武汉市第四医院的负责人说："我们武汉人民一定会尽我们所能保障大家的防护、食宿，一定会让大家吃上热饭。"话语中流露出武汉人民的热情和对我们工作的肯定。

当天下午，队员们就来到病区对工作环境、工作流程进行熟悉。另外，浙江医疗队也在武汉市第四医院进行支援工作，成为河南医疗队的兄弟队伍。

崔俊伟表示，河南医疗队有信心和当地政府、各地救援队伍协调一致，互相配合，互相学习，发扬"疫情即命令，防控即责任，召之即来，来之能战，战则必胜"的精神，夺取这场战役的胜利。

管理 30 张病床的专科

1月27日23时20分，记者电话联系到了郑州大学第二附属医院呼吸科专家周正教授，电话里他的声音略微有点沙哑。周正说，1月28日早上开始将全力以赴迎接首批病人。

按照计划，周正教授所在的科室两名医生加12个护士为一班，搭配一个当地的医生，帮助协调各兄弟科室之间的协作。7到10天后，河南医护人员将独立管理这个拥有30张病床的专科。

"我们住在同济医院附近的一个宾馆，宾馆条件很好。为了最大可能避免交叉感染，每人一个房间，除了开会的时候，其他时间大家约定不戴口罩的时候用微信联系，避免碰面。明天早上我们将正式开始接诊患者，大家已经做了比较充分的准备，也一定全力以赴，坚决不辱使命。"周正如是说。

疫情中挺立的鲜红党旗

1月26日，河南大学第一附属医院驰援武汉医疗队26名队员抵达武汉市第四医院，投入战"疫"一线。队员中有中共党员9名，为了更好地发挥先锋模范作用，院党委决定在医疗队中成立临时党支部。

1月27日，驰援武汉医疗队临时党支部召开了第一次支部会议，会上大家畅谈感受。

"我们医疗队的出征在朋友圈中已经刷了屏，受到社会各界的关注和点赞，这是大家对我们的认可与支持，我们唯有尽职尽责履行一名医务工作者的职责才能不辜负这份信任，我作为临时党支部书记，要平平安安地把大家带来，出色圆满地完成任务，再平平安安地带大家回家。"临时党支部书记郭俊华说。

"医院请战的医务工作者很多，我们有幸成为第一批医疗队队员是组织对我们的信任。疫情面前，只来硬货，我们一定要啃下硬骨头。"临时党支部委员高海波表示，作为一名党员、一名有丰富重症经验的医务工作者，在疫情面前要严格按照操作规程执行工作，将初心和使命践行到实际工作中去，不辜负组织的期盼。

石强是一名年轻护士，2019年底才递交入党申请书，得知武汉需要支援时，他第一时间报了名。作为入党积极分子，他也列席了会议，他说："感谢医院对我的信任，虽然我还不是党员，但我在'不忘初心、牢记使命'主题教育期间已经递交了入党申请书，我会以一名正式党员的标准要求自己，充分发挥自己的专业能力，接受组织的考验。"

（来源：健康报）

拧成一股绳　黑鄂两地
联手共抗"疫"情

　　作为黑龙江省援鄂抗疫医疗队第一个进入受援医院武汉协和医院西院的医疗组，李家宁小组不仅实现了快速与当地医护人员基本磨合，而且采取医疗组派一个经验丰富的医生专家，当地医院派三名医生辅助工作的"1+3"工作模式，让援助方和受援方能够协同配合、分工明晰，让"时间就是生命"的救治过程逐步趋向有序、高效。这也极大增添了医疗队的信心。

　　团队的鲍永霞医生说，我们目前已经和受援医院结成了一个集体，我们团结一致，一定能战胜疫情！

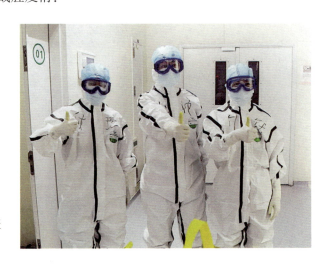

黑龙江省援鄂抗疫
医疗队的医护人员

黑龙江援鄂抗疫医疗队首批队员进驻病房

2月1日上午，已经是李家宁带队进入当地医院病房的第三天。上午，李家宁小组的韩开宇医生对自己小组的18个病房进行了"漫长"的查房。"每个病人都得细之又细，恐怕得花费四个多小时。"韩开宇说。

上午10时30分，医疗队王洪亮主任带领医护人员和医院进行了详细的对接，准备在医院五楼建立ICU重症病区。这对当地患者来说是个福音。

上午12时，韩开宇医生终于完成了查房工作，18个病房收治了28名患者，其中16个比较重。这结果让他多少有些神色凝重。"看来我们医疗队今后的任务会很重很重。"

目前医疗小组实行每天两班倒，一个组要在医院病房连续工作12个小时，这其中还包括使用呼吸机的重症患者，医务人员存在很高的风险。

李家宁小组接手的病区，原来是医院的泌尿外科，对疫情患者诊疗缺乏经验。有了专家的带领，他们派出的三个医生都受益匪浅。而受援医院方面表示，两地协作不仅能够对患者应急救治，而且还教会我们治疗的技术。

下午2时许，医疗队的第三组医生进驻医院五楼病区，今后这个病区也将成为重症ICU病区。

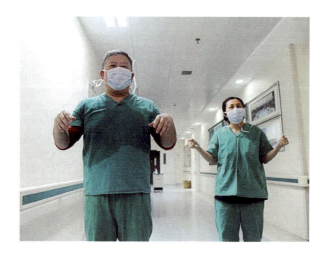

每次从隔离区出来，李家宁和医疗队队员们都是满身大汗

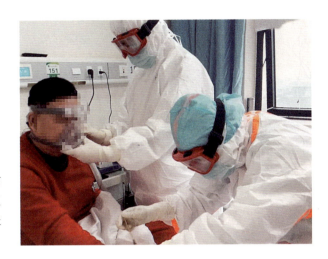

在武汉协和医院西院住院处 11 楼的隔离区内，医护人员正在紧张地为患者治疗

"为了能让我们医疗队平安回家，需要我们共同努力！"领队焦军东说。

李家宁说："我为我们的团队感到非常自豪，他们的精神让我感动。"同事赵帅给他发的微信也让他很感动：穿上防护服在隔离病房中工作，动起来一身汗，静下来是湿寒。夜晚站在走廊里，在防护服的包裹下，能够清楚听到自己心脏坚强的跳动，而这也给了我鼓舞和与武汉同进退的信心。

李家宁组副组长陈立艳介绍，昨天一位患者拽着我的手说："你能救救我吗？"我说："放心吧，你一定会好起来的。"她含着眼泪说："谢谢你！有你们我就放心了。"

"我们'首试'团队目前的工作模式，不仅是让工作变得有序、有效，更重要的是能够让黑龙江、湖北两方增添联手抗击战胜疫情的信心。"焦军东说。

晚上 8 时，李家宁小组的夜班医生已经接班，这又将是不平静的 12 小时。

（来源：黑龙江日报）

抗"疫"一线的临时党支部

　　1月27日晚上21时许，登机离京。1月28日凌晨1点，抵达位于武汉的宾馆；1月28日上午10时，召开分组会；1月28日上午10时50分，与武汉协和医院西院区对接工作；1月28日12时，接受临床救治和院内感控流程和防控措施培训；1月28日下午15时，进入医院……这是136位驰援武汉的北京医护人员的"日程表"。

　　1月27日，清华大学附属北京清华长庚医院医护团队从京出发，驰援武汉。

郭军，北京清华长庚医院呼吸与危重症医学科副主任医师，清华长庚医院援鄂医疗队临时党支部书记。1月27日下午13时许，正领着一双儿女在外散步的他，收到了来自医院的通知，要求他在1个小时之内赶到医院、驰援武汉。郭军立即从远处赶回，同时让岳父帮忙在家收拾行李，一同在医院会合。

"在这个时候，我必须得站出来！"郭军所在的呼吸科是抗击本次疫情的重点科室，他担任呼吸科党支部书记，又参加过2003年北京抗击SARS，当时在急诊内科一线工作，对病人的分流、救治和转运等都有一定经验。"两个孩子都还小，岳母又刚做完手术，家里负担重，确实也是比较紧张。前线有很多未知，说一点不担心那不是真话。但是作为一名医务工作者，面对紧迫的疫情，驰援是义不容辞的责任，也是重要的人生历练。况且都这个时候了，党员还是应该冲在最前面！"郭军说。

"国家需要人，我负责感染科，义不容辞就报了名。他们说我年龄稍微大了点，我觉得自己身体还可以！"北京朝阳医院医疗队临时党支部书记刘小娟是大内科护士长、主任护师。当年抗击SARS，她就是护士长。这次抗击疫情，53岁的她，又一次毫不犹豫冲在了第一线。"对呼吸类传染病的防护知识，我们还是了解的。只要防控好了，不会有什么问题！"刘小娟信心满满地说。

"我们虽然是临时党支部，但党心不临时、作用不临时。"刘小娟说，作为临时党支部书记，她会关心好队员的工作、思想和身体状况。"时间长了，难免都会有思想波动。要及时了解大家的状况，把情绪稳定好。依靠组织帮大家解决好实际问题，解决好后顾之忧。"

1月26日，137人的河南省首批医疗队，驰援武汉。1月28日，河南医疗队已经正式投入战"疫"。

"医疗队出征的消息在朋友圈刷了屏。我们唯有履行好医务工作者的职责，才能不辜负大家的信任。"河南大学第一附属医院呼吸内科二病区

1月26日，河南大学第一附属医院驰援武汉医疗队抵达武汉，图为临时党支部合影

主任郭俊华说："作为临时党支部书记，我要平平安安把大家带来，出色圆满完成任务，再平平安安带大家回家！"

石强是河南大学第一附属医院一名年轻护士，2019年底刚刚递交入党申请书。得知武汉需要支援，他第一时间报了名。作为入党积极分子，他在接受采访时说："感谢医院对我的信任，虽然我还不是党员，但我在'不忘初心、牢记使命'主题教育期间已经递交了入党申请书，我会以一名正式党员的标准要求自己。"

"敬爱的党组织，我志愿加入中国共产党……"1月27日，驰援武汉的第二天，华润辽建集团本钢总医院急诊科33岁的护士金珊，向辽宁省医疗队临时党支部递交了入党申请书。

金珊的母亲是一名退役军人，2003年抗击非典时作为医院检验科大夫战斗在第一线，当时金珊还是一名护校学生。"母亲给我作了榜样，所以这次我毅然决然报名来到了武汉。我身边不少优秀的医护工作者都是共产党员，他们都非常棒，我决心向他们靠拢，发挥自己的专长，打赢这场没有硝烟的战斗。"

1月27日，在武汉市蔡甸区执行新型冠状病毒感染的肺炎疫情援助任务的辽宁省医疗队，成立临时党支部，全体医护人员向党旗郑重宣誓，坚决打赢抗"疫"阻击战！有多名医护人员在这场没有硝烟的战场上，向

临时党支部递交了入党申请书。

　　各大医疗队纷纷成立临时党支部。临时党支部发挥战斗堡垒作用，广大党员发挥先锋模范作用，让党旗在防控疫情斗争第一线高高飘扬。

　　　　　　　　　　　　　　　　　　　　　　（来源：健康报）

广西首批医疗队奋战在抗"疫"一线

广西医疗队医护人员持续作战，脸被口罩压变形，脚起水泡

　　一方有难，八方支援。根据国家卫健委的部署，广西迅速响应，从 13 家区直医疗机构中抽调精兵强将，组建首批赴鄂抗疫医疗队，连夜踏上征程，迅速有效开展工作。

　　面对危险，白衣战士挺身而出，勇敢"逆行"；在疫情"战场"，他们不畏艰苦，守护生命！

火速成立临时党总支

　　"我们的使命，是救治好每一位患者，保障医疗队员自身平安，帮助大家树立战胜病毒的信心。"到达驻地后的第二天，医疗队就召集 13 家医院队长及部分党员代表开会。

　　为增强党组织的凝聚力和战斗力，充分发挥党支部的战斗堡垒作用，会上紧急成立了医疗队临时党总支。"要敢于打头阵、当先锋，做到哪里有需要，哪里就有共产党员在发挥作用。"新成立的临时党总支激励党员同志要发挥带头和带动作用，吃苦在前，服从指挥，坚决完成党和国家交付的重大任务。

1月28日，广西赴鄂抗疫医疗队部分代表在黄陂区中医医院进行现场查看，沟通交流，为进驻前做好准备

到达驻地后，医疗队队员人人都成了"搬运工"，等到搬运完物资及行李，已经是凌晨一时许。在酒店里，广西医科大一附院儿科主任蒋敏和队员覃丽霞等女队员特地剪去长发，只为了穿戴防护服能更节省时间。

根据安排，广西赴鄂抗疫医疗队将在武汉黄陂区中医医院开展工作。虽然没有正式入驻，但所有队员都在准备随时投入战斗。医疗队成立了医疗组、护理组、感控组、物资组，分别由医疗队各医院小组抽调人员组成。同时，对全队的物资进行了清点并登记造册，还与当地卫健部门进行了对接，了解疫情防控形势。

"作为一名共产党员，在疫情面前，要勇于担当、不辱使命！"医疗队党员同志纷纷表示。

"希望能在抗击疫情的前线加入中国共产党。"来自广西科技大学第一附属医院的乐文俊、李丽津、王昕和梁柳婷等队员写下入党申请书。几天以来，递交入党申请的队员达到60人。

紧急投入救治工作

1月30日，武汉天气晴，最高气温为3℃。"两个普通病区一下子就收治 100 余人，非常忙。"这天晚上，医疗组组长、广西医科大一附院重症医学科一区副主任温汉春给后方发来一串串的语音。

虽说这天医疗队才算是正式入场，但早在前一天，已经有数名医疗队员投入了一线战斗。

"武汉黄陂区中医医院虽然经过了改造，但条件仍比较艰苦。因为有很多病人等待入院。1 月 29 日中午，医疗队紧急调配医疗组成员配合当地医护人员开展接诊工作。"广西科技大学第一附属医院重症医学科护士潘慧玲告诉记者。

当晚 9 时 30 分，广西医疗队重症组接到紧急任务，前往医院对收治的 2 名重症患者进行紧急会诊；1 月 30 日凌晨 1 时 51 分，医疗队再次接到急诊科急会诊电话，2 名队员赶赴急诊科对 3 名患者进行会诊……

"重病号收到重症病房，由我们专业的重症团队诊疗护理，他们得到康复的概率就大，也将带动当地医生提升水平。"温汉春说，随着病区设置的逐渐完善，医院接诊的患者会越来越多。对于下一步的救治工作，医疗队员们充满信心。

截至 1 月 31 日 14 时，大部分队员正式进入病区，深入到第一线参与救治工作，已收治病患 146 人，其中重症 25 人、危重症 4 人。

1 月 30 日，在武汉市黄陂区中医医院重症隔离病区门口，广西重症医疗组第一批医护人员正在为进驻前做动员工作

再艰苦也要坚守

1月31日，是广西第一批赴鄂抗疫医疗队抵达武汉的第4天。

从武汉市黄陂区中医医院到驻地酒店，不是短短的一段路那么简单。为了减少环境污染和医务人员自身感染，从隔离区出来，医疗队员们必须先进行一次清洁工作：用生理盐水认真清洗鼻孔、滴眼睛、漱口，而且必须用75%酒精棉签给耳朵消毒；出医院时要洗一次澡，回到酒店还需要再次洗澡、换洗衣物，每次洗澡时间要求30分钟以上。

"虽然在同一个医院工作，但我们每天都只能隔着口罩、护目镜用笔交流，下班用手机沟通。"目前，医疗队员实行的是"4班倒"的工作安排，也就是说，在临床一线的每个队员至少要在隔离病区工作6个小时。

工作时间，大家都必须戴着口罩、穿着防护服。"穿上防护服后，吃饭、上厕所都要离开隔离病区进行更换。为了节省消耗，尽量延长在隔离病区的上班时间，大家都穿上了纸尿裤。"自治区人民医院呼吸内科副护士长冉果说，等到大家脱下防护服，已是一身的汗水。

上班前要少喝水，不能喝粥；6个小时不吃不喝，不上厕所；8个小时没有休息，随时待命……这几天，医疗队员们都是在这样的状态下工作的。

但是没有人抱怨。有的队员漂亮的脸蛋硬生生被严实的防护措施勒出一条条压痕；有的队员交班前，仍在病房里帮忙，一天只能休息四五个小时；所有队员下班后不能一块吃饭，不能串门，只能在房间里隔离……

"我们期待能将患者治好，让他们健康出院。所以，就是再艰苦我们也要坚守。"这是广西赴武汉抗疫医疗队员们的共同心声。

让前方的战士有保障

"虽然工作条件比较艰苦，但生活条件还行，饮食都能保证，每个医护人员都是单间，避免了交叉感染。"自治区人民医院呼吸内科副主任覃雪军介绍。

国家卫生健康委派出相关专家，在医疗队员入驻医院之前，对全员进行了培训，确保每个队员的防范措施都能做到标准。医疗队里，感控组对酒店的院感防控布局进行了专业、细致的改进，严防感染机会；物资组对现有物资进行整合，即便轮流值班 12 个小时以上，也要争取保证医疗队的物资调配。

"一定要让一线的白衣战士有保障。"自治区党委、政府协调相关部门，筹措解决防护物品，保证物品供应。为了保障医疗队队员身体健康，无后顾之忧，相关部门还为本次医疗队队员提供了每人 120 万元的健康意外保险，为所有医护人员免费提供两个月的手机话费。

与此同时，社会各界的爱心也在源源不断地汇聚：医疗队接收到北京大学广西校友会捐赠的防护服 400 套，接收武汉黄陂区政府紧急筹集的长筒水鞋 1670 双……广西医科大学也送来了各种防护物资。

由于收治患者较多，抗"疫"前线仍急需物资。医疗队的医用防护口罩、防护服、护目镜等物资即将告急。1 月 31 日上午，医疗队向国家卫生健康委汇报医疗队和黄陂区中医医院防护物资短缺现状，请求迅速调拨连体防护服、护目镜等防护用品，保证救治工作顺利开展。

后方的医疗力量支援也在持续。据悉，广西第二批护理后备队即将开赴武汉，名单已经上报国家卫生健康委，同时再统筹组建医疗队，随时待命出征。

"危难见真情，好感动！""无论脱下口罩是什么样子，你们都是最美的天使!""出征的白衣战士们一定要平安归来!""看着护目镜里都是水汽,看清东西都很难,可想而知防护服下汗水已湿透了吧!"从1月27日连夜出征这天开始,广西的父老乡亲就一直关注着前方的"战况"。广西日报传媒集团的新媒体平台与各个医院的官方微信推出"赴鄂抗'疫'日记"等系列报道,网友们纷纷为白衣战士的事迹点赞。

1月31日,广西壮族自治区新型冠状病毒感染的肺炎疫情防控工作领导小组指挥部领导代表自治区党委、政府给医疗队发去慰问,对大家表示衷心的感谢,要求医疗队一定要做好院感防控的各项措施,平平安安地去,平平安安地回。

我们相信,广西赴鄂抗疫医疗队一定能扛起医护工作者的使命担当,为遏制湖北疫情扩散贡献力量。

(来源:广西日报)

贵州医疗队接管鄂州中心医院 RICU 病区

    2月2日，贵州援鄂医疗队全体队员进入临床一线后，忘我工作，始终奋战在最一线。医疗队接管了鄂州市中心医院 RICU 病区，承担了鄂州二医院重症病人的救治工作，分别加入到中心医院、鄂钢医院、鄂州三院相关科室参与临床工作。2月2日全天医疗队管理住院患者380人，其中

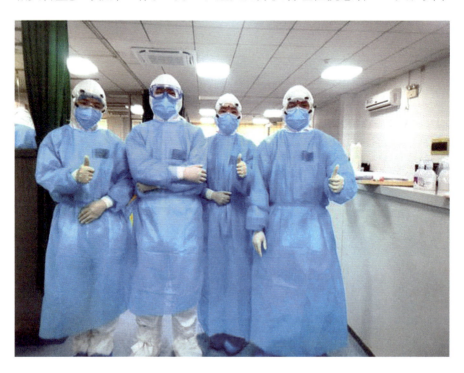

重症 64 人，危重症 22 人，护理患者 421 人，培训当地医务人员 219 人。截至 2 月 2 日，医疗队累计管理住院患者 721 人次，其中重症 75 人次，危重症 46 人次，护理患者 920 人次，培训当地医务人员 299 人次，同时，协助鄂州市卫生健康局做好相关工作。

斗志昂扬　忘我工作

遵医附院傅小云主任带领 4 名医生、20 名护士接管鄂州市中心医院 RICU 病区，帮助 RICU 开展了该院建科后第一次血液净化治疗，给两个患者实施了血液净化治疗。在鄂钢医院支援的贵医附院副主任医师黄妮雯，从 2 月 1 日晚开始在医院抢救病人，直到 2 月 2 日中午才回到驻地稍事休息，下午又再次回到医院投入临床工作。 遵义市一医主管护师程文

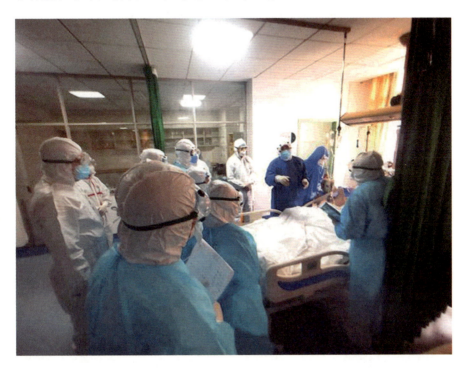

旭因腹泻身体欠佳，长时间穿隔离服（5 小时），晕倒在医院。全队队员表现出昂扬的斗志和忘我工作的精神。

培训鄂州基层医务人员

针对基层医疗机构医务人员防护意识差，相关医疗流程规范掌握欠缺的问题，2 月 2 日晚，贵州援鄂医疗队的院感专家对鄂州城区 4 家社区卫生服务中心 219 名基层医务人员进行新型冠状病毒感染的肺炎诊疗流程、发热门诊及隔离病房设置、院感管控、个人防护、手卫生等相关知识的培训，提高当地基层医疗机构医疗人员的防护水平。

协助当地评估集中收治预备点

2 月 2 日上午，医疗队派出 2 名院感专家协助鄂州市卫健局，对鄂州市委党校宾馆、莲花山中医院 2 个集中收治预备点进行评估，医疗队专家对 2 个预备点的布局、流程等向鄂州市卫健局提交了评估意见。

（来源：天眼新闻）

云南援助湖北医疗队
抗击新冠肺炎的暖心故事

2月4日17时，昆明长水机场，102名白衣护士共同宣誓："众志成城！抗击肺炎！武汉加油！"她们是云南省派出援助湖北的护理专业医疗队，也是第二支云南援助湖北医疗队。她们多数年仅20多岁，匆匆告别家人、告别家乡，在机场安检门口，留下了一个个青春美丽的背影。

早在1月27日，大年初三，由138名医务人员组成的云南首批援助医疗队就已赶到湖北咸宁市的各个县区，与当地医务人员并肩战斗。红土高原飞来的白衣天使，与正在受难的荆楚同胞一起，共同筑起抗击新冠肺炎的长城。

感染风险加剧，你却毫不犹豫伸出双手

走进湖北抗疫战场，云南援鄂医疗队的队员们每天都能感受到紧张的气息。

1月29日，在定点收治新冠肺炎的咸宁市第一人民医院，当医院负责人问谁自愿到感染性疾病病区工作时，医疗队危重患者救治组所有人齐刷刷地站了起来。最后，云南省肿瘤医院的医生赵力、护士张静和赵燕秋

作为先头部队首先进入感染性疾病病区。

2月3日，赵力为一位需无创机械通气的危重患者进行中心静脉穿刺置管。闷热的防护服，水汽糊在护目镜上，严重影响视觉，"做中心静脉穿刺的时候会有风险，离病人很近，而且是有创的，会有血液喷溅的可能，平时驾轻就熟的工作，进到隔离病房后难度突然大了好多，不允许你出错，精神上的压力也比较大。"做完治疗，赵力电话里告诉记者。

相对于医生，医疗队的护士们与新冠肺炎患者的接触更多，传染的风险也更高。在每次4至6小时的值班中，医生护士们因为身穿防护服，不能吃喝，不能上厕所，为防万一，大家还第一次穿上了成人纸尿裤……

云南白衣天使们与湖北的战友们并肩奋战，短时间内就救治了大批湖北同胞。截至2月6日，云南援助湖北医疗队共诊治患者5600余人次，培训医护人员1500余人次，确诊患者治愈出院4人，疑似患者解除隔离出院43人。

告别了家人，你却有了新的亲人

医疗队员们匆匆离开云南时，有些队员来不及与家人商量就报名参加了医疗队，离开了年幼的孩子，离开了年迈的父母，到异乡去救助陌生的同胞。云南首批援助湖北医疗队分布在6个县区的7个定点医院，在这里，他们又很快有了"新的亲人"。队员们来到新冠肺炎患者身边，为他们带来温暖。

医疗队副领队、云南省第二人民医院副院长邓毅书发给记者一段视频：2月1日，在通城县人民医院重症监护室里，一位身穿防护服的护士站在一位新冠肺炎重症患者床前，用小勺一勺一勺地给患者喂稀饭，就像照顾自己的家人。58岁的邓毅书告诉记者，视频中的护士是来自云南省中医院的医疗队员刘荣梅，护士们每天都在为患者打针、测体温，还要为重症患者喂稀饭、水果，协助患者大小便，看似普通，可每项操作都面临高度传染风险。

"新冠肺炎患者往往很焦虑，情感很脆弱，我们在救治护理患者的同时，还要给患者进行心理疏导，让他们振作起来。"咸宁崇阳县医院医疗队护理组组长余力锐说，她来自昆明医科大学第二附属医院。一位年轻女患者因为想念家里年仅 10 个月大的孩子，每天都非常焦虑。身穿防护服的余力锐在她床边与她聊家常，教她做放松操，使她逐渐消除了焦虑，积极配合治疗。2 月 5 日，这位年轻的妈妈终于病愈出院。

看不见你的脸，却能看见你美丽的眼睛

在咸宁，医疗队员们工作时因穿防护服、戴口罩，难以辨认，大家便在自己的防护服上写上名字，虽彼此看不见对方的脸，却能看见对方美丽的眼睛，都知道彼此身上令人泪奔的故事。

"以前是我送丈夫上'战场'，这次是丈夫送我上'战场'。"坚守在咸宁市第一人民医院的医疗队员金其凤告诉记者，她是来自云南省肿瘤医院的主管护师，丈夫詹超文是云南一名武警军官，多次赶赴各种自然灾害现场抢险救灾，金其凤每次都为丈夫送行。这次送妻子出征，詹超文以军人的习惯说："一定要完成任务，平安回来！"

在咸宁，云南白衣战士激战正酣。在疫情最严重的武汉，又一批更年轻的云南白衣天使开赴"战场"，云南省援鄂护理专业医疗队于 2 月 8 日进驻刚建成的武汉国际会展中心方舱医院。这批白衣天使来自云南省第二人民医院等 9 家医院。

来自红河州第一人民医院的年轻队员们在机场排队安检时，医院副院

长胡琳与她们一个个拍掌送别，看着她们一个个过了安检口，眼泪夺眶而出。她哽咽着告诉记者："她们都很年轻，虽有很多不舍，但她们都勇敢地站出来，去远方抗击病毒！"

（来源：光明日报）

"四大天团"武汉战"疫"记

一方有难，八方支援。远隔千山，驰援武汉。

在新冠肺炎疫情肆虐之时，全国多省市医疗队多批次紧急出发驰援武汉。中国医疗界赫赫威名的"四大天团"——北协和、南湘雅、东齐鲁、西华西精锐尽出，给笼罩在疫情阴影下的武汉注入抗疫"硬核"力量。

这些最强悍的医生群体，在武汉救治一线施展自己过人的专业能力，展现大国医者的担当和勇气。他们究竟是如何开展工作的？

北协和：能用的方法都用上

北京协和医院医疗队在本次战疫中承担华中科技大学同济医学院附属同济医院（下称武汉同济医院）中法新城院区重症病房的救治任务。首批队员到达后即在最短时间里开辟出两个病房投入战斗。

2月4日，经过紧张忙碌的48小时改造，由北京协和医院牵头，联合北京医院、武汉同济医院、江苏省医疗队共同建设的抗击新型冠状病毒重症加强病房（下称联合ICU）正式启用。这是武汉同济医院中法新城院区救治危重症患者的主战场。

当日下午5时，第一位患者转入。该患者极度呼吸困难，氧饱和度仅50%，生命垂危。此时，病房尚未配齐气管插管必备的三级防护设备，但协和医院MICU（内科重症监护室）主任杜斌毅然决定冒着职业暴露的风险实施紧急气管插管，使患者生命体征得以维持。在患者呼吸困难得到缓解后，其血压开始下降，协和医疗队队员立即建立中心静脉通路，进行积极循环复苏。在一道道有序且有效的操作之后，患者情况逐渐平稳。

2月7日，根据国家卫健委统一部署，北京协和医院党委书记张抒扬再率142名勇士驰援武汉，与第一批队员会师后，正式整建制全面独立接管联合ICU。

在中法新城院区重症病房，北京协和医院因地制宜建立各项规章制度，包括危重症患者诊治流程、医护人员诊疗常规、安全防护培训制度、安全监督制度等，为前线共同奋战的一线医生提供"协和经验"。

在联合ICU建立之初，采用分时段负责制，即一个小组负责一个时间段的患者管理，但他们很快发现这种病人管理模式不够深入，在细节上把控不足。于是，北京协和医院决定采用协和ICU病房小组的管理模式，实现精准施治，得到了各医院高度认同。

根据新的管理模式，病房32位重症病人被分为4个组，每组由固定医生小组负责，组长相当于病房主治医师，能够迅速系统掌握患者信息，制定个性化治疗方案。每组护理团队的人员配置由重症医学骨干护士等混合编队，每个组负责相对固定的8名病人。在这样的小组团队模式下，每位病人都有相对固定的责任医生和责任护士，有利于治疗思维的贯彻和治疗方案的落实，也提高了医护之间的高效配合，提升了治疗效果。

北京协和医院医疗队队员覆盖ICU、内科ICU、呼吸与危重症医学科、心内科、消化内科等多个科室，各医疗组可以更加合理地统筹匹配各个专业，充分发挥国家队综合诊治优势，把能用的方法都用上，全力救治危重症患者。

为进一步加强病房管理，协和医院建立"查房教授、二线医生、一线医生"三级查房制度。查房教授具有 SARS 诊治、重症管理等方面的丰富经验，可充分保障重症患者治疗方案的及时性、针对性和有效性。

北京协和医院医疗队第一时间集合精锐，因地制宜，因陋就简，没有条件创造条件，积极展开危重患者的救治工作，在最短的时间内拿出有效的"协和方案"，千方百计抢救每一个生命，尽全力降低病死率、提高治愈率，用协和水平保卫人民健康。

南湘雅："有信心让更多患者尽快出院"

"方舱医院"是确保新冠肺炎确诊患者有效隔离和治疗的重要举措。中南大学湘雅二医院（下称湘雅二医院）全力、全程、全面参与武昌方舱医院的病房建立、制度建设和人员培训等工作。

湘雅二医院派出的医疗队配有先进的野战医院装备，手术车、医技车、药品器械车、能源保障车、生活保障车、重症转运车、门诊车、宿营车、检验车、通讯指挥车应有尽有，具备急救、门诊、外科救治、监护治疗、化验和医疗供应等功能。

2 月 4 日下午，这支医疗队正式入驻武昌方舱医院。湘雅二医院副院长、援武汉武昌医疗队领队徐军美立即带领医疗、护理、院感专家查看场馆，确保场馆改建达到传染病防控和诊治要求。

为确保武昌方舱医院正常运转，实现医务人员零感染、住院患者零死亡的"两个零"目标，徐军美会同复旦大学附属华山医院、福建省立医院、中国医科大学第一附属医院、湖北省肿瘤医院、湖北省妇幼保健院等成立联合工作机制，理清预检分诊和病房巡诊流程，建立方舱医院医疗例会制度、疑难病人讨论制度及总值班制度等，以确保六家医院人员责任明确、互相信任、尽快磨合，形成武昌方舱医院医疗质量管理长效机制。

帐篷区的预检分诊是第一关，主要负责把轻症确诊病人应收尽收，同时还要确保重症患者得到有效转诊及疑似患者尽快进行新冠病毒核酸检测。预检分诊组医护人员分批次进行预检分诊工作，对各社区前来等候入院的已确诊轻症患者，进行详细询问，耐心沟通解释并详细记录信息。

为防止病情变化，保证危重患者得到及时治疗、轻症患者治疗有效并及时出院，医护人员分批次进行早查房，克服病人多、巡诊时间长、局部缺氧等困难，每天共需查看近200名住院患者，指导舱内医护人员制定治疗方案、保障及时转诊并做好出院患者管理。

湘雅二医院医生文川告诉记者，从2月6日开始，队员们轮流值班为患者提供诊疗。为帮助患者缓解心理压力，他们还为患者发放带来的书籍和编辑的新冠肺炎防治科普手册。"离开家人来到一个陌生环境隔离治疗，对一些年轻病人来说是一种考验，患者人手一本科普手册，里面的心理辅导内容可以帮助他们进行自我心态调整。我们不想让任何患者感到自己被冷落，要让他们感受到这是一家真正的医院。"文川说。

2月11日下午，武昌方舱医院首批28位患者康复出院。"出院之前患者和医生跳起了《小苹果》。我们有信心让越来越多患者尽快出院。"徐军美说。

除湘雅二医院之外，湘雅系另外两支队伍——湘雅医院和湘雅三医院也在疫魔面前各显身手。

湘雅医院受命支援华中科技大学同济医学院附属协和医院（下称武汉协和医院）。2月9日，武汉协和—湘雅—中山联合病房在武汉协和医院正式开放。该病房设床位50张，开放当日即收入新冠肺炎重症患者44人。

湘雅三医院入驻武汉同济医院中法新城院区。截至2月11日，湘雅三医院负责的病区共收治48位重症患者，年纪最大的81岁，最小的47岁，临床工作任务十分艰巨。

中华预防医学会医院感染控制分会主任委员、湘雅医院感染科教授吴安华早在1月21日就踏上了北上武汉的列车。吴安华曾参与救治SARS病人、抗击禽流感，对突发公共卫生事件处置有丰富经验，他和专家一起讨论制定医疗机构内预防与控制技术指南，并到当地医院隔离重症监护病房、隔离病房和发热门诊指导感染防控和医生个人防护工作。他说："希望通过我们的工作，为战斗在一线的医务人员建起一道安全的防护墙。"

湘雅医院呼吸内科主任潘频华是国内呼吸与危重症医学阵营中的老将，擅长呼吸危重症、呼吸衰竭的诊断与防治。他说："我们相信，只要重症病人处理得当，是能够降低新冠肺炎死亡率的。"

东齐鲁："相当数量的病人在好转"

山东大学齐鲁医院（下称齐鲁医院）在武汉大学人民医院（东院区）开展救治。

武汉大学人民医院自1月22日起即作为收治新冠肺炎重症患者的定点医院。这里最初一天接收1000名重症病人，医护人员已达极限。

在进驻武汉48小时内，齐鲁医院医疗队即组织编写出一套方言实用手册和方言音频材料，这套写有"蛮扎实—厉害""克受—咳嗽""撅一针—打一针"等的手册有效沟通了医者与患者，大家交口称赞。

与此同时，齐鲁医院还在重症救治方面施展自己的硬核力量。

据齐鲁医院中医科副主任医师乔云介绍，其所在医疗队接管的两个病区共80张床位，所收患者均符合重症标准，并有一些告知病危的患者。"我所在的18病区目前有4个病危患者，影像学上肺部实变都比较严重，氧饱和情况也不理想。"乔云说。

据了解，对病情较重的重点病人，齐鲁医院医疗队各专业主任大咖齐上阵、共商议，对抗病毒药怎样使用、抗生素如何选择、激素何时增减、丙球剂量多少等细化到每一步，并积极查找文献、不断摸索总结。

齐鲁医院医疗队队长、呼吸科副主任李玉说，团队的核心力量是呼吸和危重症专业，护理人员也以这两个专业的人员为主。考虑到新冠肺炎重症患者中不少是老年人，针对各种可能出现的并发症，团队也配备了心脏科、内分泌科、消化科、泌尿科、血液科等多个专业的人才。"我们是整建制派出的多学科组成的医护团队，基本上能达到会诊时不需要再请别的医院医生支持，依靠我们自己团队的力量就能解决。"李玉说。

尽管派出的都是齐鲁医院的精锐力量，但新冠肺炎病例和日常病例仍有不同。记者了解到，齐鲁大学医疗队在治疗病人的时候，每次派一位医生进入病区查房，同时把信息传递出来，外面的医生一边查看化验单、CT图像等，一边和病区内的医生交流，修改、完善医嘱。

齐鲁医院医疗队管理的两个重症病区共有60多名重症病人，队员们的工作量都很大。"工作量几乎比平时翻一番还要多，但医护人员素质很高，我们已经把所有路径理顺了，工作运转十分顺畅。"李玉说。

"我们的治疗已经产生一定成效，相当数量的病人在好转。"李玉说，在病区收治的重症患者，已有不少转为轻症，也有病人将要达到治愈的要求，即将符合回家隔离的标准，"工作会越来越顺手，治疗会越来越顺利。"

西华西："盯住重症病人全力救治"

四川大学华西医院受命援助武汉大学人民医院（东院区）、武汉市红十字会医院等地。

作为医疗界的"百年老店"，华西医院抓住重症患者这一关键，用一系列严谨、扎实的流程和制度，在武汉前线救援发挥重要作用。

据华西医院应急办公室副主任、第三批援鄂医疗队联络员宴会介绍，为做好重症病人救治，华西医院在接管病区后按照华西的科室模式和管理体系，对当地医院病区进行"同质化管理"，再结合当地医院的实际情况，根据疫情变化、病人变化，在治疗、管理中发挥华西特色。"来武汉以后，我们立即成立华西—武大新冠肺炎重症救治中心，抓住关键的重症患者进行治疗。"宴会说。

华西医院重症医学科主任康焰表示，轻症病人经过治疗一般过段时间即可痊愈，关键还是重症病人的治疗。"到达武汉后，我们发现一些轻症病人没能得到及时分解出来，重症病人的救治设备比较缺乏，因此医护人员感染率上去了，重症病人的治疗效果也欠佳。我们来了以后，立即进行相关流程的梳理，及时把轻症重症病人分开，盯住重症病人全力救治。"康焰说。

据康焰介绍，对重症病人早筛查、早集中、早治疗，尤其是对急危重症病人一定要每天会诊，每天都对每一个病例进行治疗方案优化。重症医护团队和感染科团队联手对重症病人进行监测和支持，其他多学科专家对治疗方案进行优化，集中大家的力量，才能使重症病人取得较好治疗效果。"我们把在华西治疗重症患者的多年经验和特色运用到武汉来。"康焰说。

针对治疗指南较多的情况，康焰表示，治疗指南可以参考，不能照搬，尤其不能把治疗指南当作治疗重症患者的唯一方针，一定要根据每个患者的具体情况进行有针对性的治疗。

面对呼吸机、制氧仪、高能量治疗仪等重症病人救治设备的暂时性缺乏，华西医疗队直面困难，不断根据现有条件优化方案，"能用啥办法用啥办法。我们已经从病人分级管理、重症病人集中管理、重症病人生命器官监测与支持等全方面梳理，虽然形势比较严峻，但是现在各项工作已经走上正轨。"康焰说。

前方在救治，后方也在收治病人，前后方的救治经验不断汇总盘点。"一人一方案，精准施治"，这是四川省新冠肺炎医疗救治专家组组长、华西医院院长李为民等专家组成员提出的救治原则，这套办法也在武汉前线不断实践。

在全力救治重症患者的同时，华西医院严防医疗队员交叉感染。

"刚来武汉的时候，病人量非常大，确诊病人和疑似病人混在一起，通道也没有分开，医护人员交叉感染的风险非常大。"华西医院医院感染与管理助理研究员朱仕超说。

朱仕超介绍，初来当地医院时，医院院感部门只有一人，流程制度尚未建立，医疗队第一时间对医院感控进行全方位改进优化。他和医疗队感控小组对队员进行感控培训（包括演示穿脱防护用品），制定驻地感控措施，制定医疗队感染应急处置流程，制定上下班防护流程，优化三区（清洁区、潜在污染区和污染区）和各出入通道布局及穿脱防护服流程，现场督导提高穿脱防护用品正确率，指导全院清洁消毒，梳理和制定各项疫情时期的应急制度等。"最直观的体现是，医疗队员都觉得现在这个防护让他们上下班非常安心。"朱仕超说。

医疗队队员从医院回到驻地酒店休息，还需经过十多个程序。"写出来有三页纸那么多。"朱仕超说。

华西医院重症医学科医生基鹏说："来了以后，大到如何做个人防护，如何把工作区域规划得更完善更安全，在医院咋个穿衣服、洗澡、洗衣服，回宾馆咋个消毒、换口罩、擦脚底板，回房间咋个脱衣服、洗澡、洗衣服，甚至衣服挂在哪里、房间咋个消毒，都有院感老师做流程，层层部署的院感让我感慨良多。"

（来源：《瞭望》新闻周刊）

"最美逆行者"中的台胞身影

新冠肺炎疫情时刻牵动海峡两岸民众的心。连日来，疫情救治定点台资医院与大陆同胞同心抗"疫"、不少台籍医生走上抗"疫"最前线、台湾社工关怀医院隔离者、台企台青贴心守护"最美逆行者"……这些无不诠释和彰显着守望相助、共渡难关的同胞深情。

台资医院全力抗"疫"

"从 1 月 20 日被指定为疫情救治定点医院后，我们就拟定工作方案，全面启动各项工作。在工人放假、材料紧缺的情况下，克服困难，用 24 小时改造完成隔离病房与疑似患者专用通道。"台资湖南旺旺医院院长蔡有权说，1 月 22 日开始，医院发热门诊 24 小时开放，截至 2 月 13 日，累计接诊 600 余人，隔离病房已确诊 14 例新冠肺炎患者。

湖南旺旺医院由台企旺旺集团投资设立，已在当地扎根约 15 年。在疫情发生后，医院 4 名台籍管理人员、6 名台籍医生和大陆同行一并坚守岗位。医院执行长郑文宪从台北"逆行"回到长沙，与全院医护人员探索疫情防控最佳方案，台籍行政副总经理许旭初忙于疫情防控安排，以至于

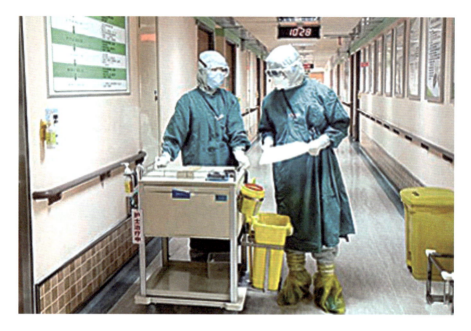

台籍医生林祐成（右）在湖南旺旺医院隔离区与护士交谈

累倒住进医院。

　　"参与一线抗疫，是身为医生的责任。"台籍医生林祐成2月初主动请缨，进入医院隔离病房支援。他每天须穿戴全套防护措施，连续工作9个半小时。大他一岁的哥哥林祐谆是医院心血管内科医师，得知疫情紧张，正月初六立即返岗。在林祐谆看来，坚守岗位，自己义不容辞。

　　疫情发生以来，市面上消毒液、酒精等供不应求，湖南旺旺医院特地在急诊部、门诊部门口设置专门的水管，将旺旺集团自产的水神除菌液，免费提供给周围民众取用。自2月1日以来，每天供应量在1.5吨到2吨。医院还与周围社区联动开展防疫指导，制作各类宣教、科普视频惠及民众。

台籍医护星火驰援

"这是一场没有硝烟的对抗。作为医务工作者，特别是呼吸内科医生，在国家需要时，有责任也有义务冲在前面。"2月初，辽宁省人民医院呼吸科主任医师、台胞黄建宁随该省危重症患者救治医疗队驰援湖北。

台胞龚浩是北京市第一批定点收治医院复兴医院放射科 CT 技师，经他检测的疑似病例已有近40人，确诊6人。"这场战役没有局外人！让我们上下一心、众志成城，一起努力早日战胜疫情！"这位检测疑似和确诊病例的把关人说。

在位于抗击疫情最前线的武汉市中心医院，影像科主任医师、台胞江燕萍超负荷承担着病人的 CT 检查工作。台胞黄馨莹在厦门长庚医院呼吸与危重症医学科工作，她第一时间加入医院的新冠肺炎专家组，近来每天从上午8时工作到下午5时，还经常延后下班。厦门长庚医院郭姓台籍医生近日报名前往武汉支援。她说："我是一名医师，如果可以，希望贡献自己的一份力量。"

上海中医药大学附属岳阳中西医结合医院副主任医师、台胞谢国群在疫情发生后，投入发热门诊轮值和隔离病房工作。"疫情当前，我应当挺身而出、不辱使命。"他说。

据全国台联不完全统计，截至2月7日，大陆各地的台籍"白衣天使"，在发热门诊及定点收治医院工作的有30余人。

网络科普助力防疫

"回台南不久就得知大陆疫情的消息，我很着急。后来通过工作单位福建泉州国宇医院得知，泉州安溪县的防疫物资比较紧缺，所以我几乎跑遍了台南的药店，才勉强买到 10 支耳背电子体温监测计，马上捐给了安溪疫情防控指挥部。"台籍医学博士张峻斌说。

1 月底，得知安溪县正在组建驰援医疗后备队的消息，张峻斌第一时间在工作群里报了名，并随后赶回大陆。"我很希望有机会用自己的专业知识，切切实实为防控新冠肺炎疫情贡献一份力量。只要有需要，我会马上到位，毫不犹豫。"

张峻斌说，学校都推迟开学了，自己这两天正忙着录制视频，向几个高校的学生传授疫情防控的知识。在此之前，身在台湾的他已开始录制防控疫情的科普视频，并发给所在的泉州国宇医院，以便向学校、企业等单位进行网络防疫宣传。

在张峻斌的影响下，他的两个孩子捐出了 2 万元人民币的压岁钱，支持大陆抗"疫"。"他们现在分别在福州和广州上大学，也一直关注大陆的消息，希望能出一份力。"张峻斌说，两岸同胞血浓于水，是一家人的关系。"我们帮助的就是自己的兄弟姐妹。"

你我携手共克时艰

台湾社工杨昭玲 1 月中旬回台湾过年时，便已得知武汉出现新冠肺炎患者。担心医院人手紧缺，她大年初一就决心回到福建福州新莲花医院投入工作。"我和家人都经历过当年的非典，知道民众需要专业的情绪疏导，所以家人都十分支持我回来。"

几天前的晚上，有对父子来新莲花医院做检查，被通知需要隔离，父子俩不愿配合，寒风中坚持站在医院门口。杨昭玲脱下外套给冻得发抖的孩子披上说："我来自台湾，我不怕被你传染，请你把衣服穿上。"

台湾社工杨昭玲（右一）与福州新莲花医院医护人员核对数据，每日实时进行症状监测

　　父子俩感动之下，走进医院接受隔离。杨昭玲说，让焦虑的、无助的、害怕的隔离民众放下戒备，信任并配合医生，这个过程正是她工作的难点，更是她的职责所在。

　　得知抗疫定点诊疗医院长沙县第一人民医院急需抗"疫"物资，台企富丽真金家纺火速驰援。企业负责人杜俊毅说，"我们能做的就是站在最美'逆行者'身后，守护他们，守护希望，与大陆同胞携手，共克时艰。"

　　"85后"台青朱波是上海的咖啡创业者，看到报道中急诊室医生累到坐在地上，他从1月底起，联系当地多家医院赠送咖啡。每天早上6时起床，在门店准备好上百杯咖啡，再辗转送到各家医院，朱波和咖啡师忙得连续两天没顾上吃午饭。"送咖啡，就是作为一个中国人为祖国作点贡献。"朱波说。

（来源：人民网）

出征！钟南山、李兰娟、王辰三大院士团队奋战在抗"疫"一线

钟南山，国家卫生健康委高级别专家组组长、中国工程院院士、国家呼吸系统疾病临床研究专家。

钟南山在赶往武汉的高铁餐车上闭目休息

钟南山院士和他带领的广州呼吸健康研究院团队，一直奋战在防控疫情的第一线。早在1月18日上午，钟南山就收到国家卫生健康委紧急通知乘坐高铁赶往武汉。春运期间高铁票紧张，临时上车的钟南山坐在餐车一角。实在累得不行，他靠着椅背闭目养神，深锁的双眉始终没有舒展。在高铁上的4个半小时中，钟南山的大部分时间是在阅读研究文件中度过的。

　　1月19日上午，钟南山参与武汉疫情研讨的会议后，立即前往武汉市金银潭医院和武汉市疾病预防控制中心实地走访调研，了解疫情详细情况。中午没有片刻休息，他再次参与了另一个会议，直到下午5点。会后，作为国家卫生健康委高级别专家组组长，钟南山又从武汉登上飞往北京的航班。到达北京，已是晚上10时许，他又立即赶往国家卫生健康委开会，会议直到凌晨。回到酒店，钟南山凌晨2时才睡下。

　　1月20日，在短暂的睡眠后，钟南山起床看文件准备材料，紧接着是参加各种会议：全国电视电话会议、新闻发布会、媒体直播连线……正是在这天下午，国家卫生健康委员会高级别专家组就新型冠状病毒感染的肺炎疫情答记者问，钟南山在答问时表示："新型冠状病毒可人传人，预防和控制最有效的办法是早发现、早诊断，还有治疗、隔离。"

　　随后的1月24日除夕之夜，广东第一批128名援助湖北医疗队队员奔赴武汉，其中就有钟南山院士团队的医务人员，他们到武汉后立刻投

　　钟南山（中）参加广州医科大学附属第一医院与武汉协和医院西院的广东医疗队ICU治疗团队开展远程视频会议

入危重病人的救治工作。2月7日，广州医科大学钟南山院士团队，再度派医疗队员出征，前往武汉协和医院西院区，接管该院区的重症监护病房。

针对疫情中的死亡患者多为老年人和合并基础疾病者的现实，2月5日，钟南山院士带领的广州呼吸健康研究院，发布了关于老年人新型冠状病毒肺炎的防范指引。研究团队在成年人新型冠状病毒肺炎防范建议的基础上，从传染源、传播途径、易感人群三方面，提出了适用于老年人的防范建议，确保防护工作既要包含老年患者本人，又要涵盖老年患者的陪护人员，做到全面、细致。

李兰娟，国家卫生健康委高级别专家组成员、中国工程院院士、传染病学专家。

和钟南山院士一样，17年前抗击非典时，李兰娟院士就义无反顾地冲在了防疫最前线。1月18日，李兰娟院士与钟南山院士等国家卫生健康委高级别专家组成员抵达武汉，是研判疫情的专家之一。疫情发生以来，李兰娟院士在中国大地上画出了"三角形"，杭州—武汉—北京—杭州。结束北京的会议后，1月22日凌晨2时，李兰娟连夜赶回杭州，早上8时准时出现在院士门诊，为患者看病。

2月1日，国家卫生健康委授命浙江省派专家组驰援武汉，帮助治疗武汉的危重病人，73岁的李兰娟院士主动请缨。很快，由她领衔、浙大一院副院长陈作兵等组成的十人专家组成立，并于当晚9时登上了前往武汉的火车。2月2日凌晨4时40分，浙江高级别专家组乘坐的火车抵达武昌火车站。

在宾馆稍作休息后，上午9时许，李兰娟院士顾不上吃早饭，就前往武汉大学人民医院东院区，立即开始对接工作。双方商定，从2月3日开始，浙江专家团全面入驻该医院东院区的重症监护室、隔离病房、发热门诊，与本地专家打"配合战"，共同救治新冠肺炎患者。李兰娟院士表示：

凌晨抵达武汉的李兰娟院士团队

这次我主要是来当一个医生。我想和我的团队"主攻"危重病人，减少患者死亡率。

为救治危重症患者，降低病死率，李兰娟院士每天的日程满满当当，不停地与病毒赛跑。白天，她在医院观察患者病情变化，与救治团队共同讨论救治方案，同时还为浙江的危重症患者救治进行远程会诊；晚上还与团队讨论科研攻关难题，为国家疫情防控建言献策。

战"疫"进行时：李兰娟忘我工作每天只睡三小时

李兰娟院士详细记录收治情况汇报

王辰，中国工程院院士、呼吸与危重症医学专家。

作为三大院士团队中最年轻的院士，王辰 2 月 1 日到达武汉。当时的武汉，大量疑似病人和轻症患者因医院床位紧缺，只能居家隔离，可能成为疫情扩散的主要源头之一，也有可能因为得不到有效收治而转为重症。迅速地把确诊的轻症病人都收治起来，给予医疗照顾，与家庭和社会隔离，避免造成新的传染源，至关重要。

王辰院士表示，方舱医院是国家在当前关键时期的关键之举。这种大规模的"方舱医院"不同于战时或抗震救灾时启用的野战移动类医院，是我国公共卫生防控与医疗的一个重大举措。王辰院士坦言，方舱医院并不是至善之举，但在严峻的疫情防控形势下，这是控制疫情的现实之举，也是经过仔细衡量和判断作出的建议。

2 月 5 日到 6 日，武汉首批三所方舱医院分别在武汉国际会展中心、洪山体育馆和武汉客厅启用。从方舱医院传来的消息也让人振奋：病友们在方舱医院不仅跳起广场舞，还打起太极拳，成立了读书会。从方舱医院出院的患者也越来越多，方舱医院的建立，在迅速治疗病人、切断传染源

康复患者走出方舱医院

方面起到了重要作用。

同时，王辰院士团队还在指导重症患者救治。王辰院士所在的中日友好医院已经连续派出多批队员，主要分成两支队伍：一支队伍在同济医院中法新城院区对部分重症患者开展救治任务；另一支队伍承担武汉客厅方舱医院针对普通的感染者的医疗任务。

钟南山院士、李兰娟院士、王辰院士在人民需要的时候，挺身而出，奔赴疫情前线，忙于救治患者和为公众答疑解惑。如今，三位院士和他们的团队，还有其他院士及其团队，以及全国的无数医务工作者，都在抗击疫情的一线奔跑和努力。正是因为有他们在，我们对打赢这场战役充满信心。

（来源：综合整理健康报和微信公众号"湖北卫视《大揭秘》"
"武汉大学人民医院""中日小宣君"）

超学霸！齐鲁医院医疗队四十八小时编武汉方言手册

2月7日，山东大学齐鲁医院组建了一支由 131 名医护人员组成的医疗队驰援湖北省。在抗"疫"一线治疗过程中，医护人员普遍反映，和患者的语言沟通成了件"头疼事"，患者能听懂他们说的普通话，可他们却听不懂患者讲的武汉话。为了解决方言不同的问题，该医疗队在进驻湖北武汉的 48 小时内，组织编写了《国家援鄂医疗队武汉方言实用手册》，并制作了配套音频材料。

这份暖心举动起初引起了人们的爆笑，一是不曾想到武汉方言这么"硬核"，二是着实佩服医疗队队员们的学习和归纳总结能力。然而，看着看着，不禁有些泪目：这些从四面八方驰援而来的医护人员需要克服的困难太多，但他们并没有因此而退缩，而是一个一个努力解决。为了更好地和患者交流，在繁重的工作之余，竟细心、快速地编写了方言手册。

齐鲁医院医护人员编写武汉方言实用手册

《国家援鄂医疗队武汉方言实用手册》分为称谓常用语、生活常用语、医学常用语、温馨常用语四个部分，将武汉方言与普通话进行对照，并对部分词语加注发音。

第一部分　称谓常用语

序　号	武汉方言	普通话	发音备注
1	自个儿	自　己	zi ga
2	老特儿	爸　爸	
3	老　俩	妈　妈	Lao Liang
4	拐　子	哥　哥	
5	老亲爷	岳　父	
6	老亲娘	岳　母	
7	舅辫子	小舅子	
8	嗖　嗖	叔　叔	
9	娘　娘	阿　姨	
10	外　外	外　甥	
11	Pong 友	朋　友	
12	医　森	医　生	
13	护　司	护　士	

第二部分　生活常用语

序　号	武汉方言	普通话	发音备注
1	蛮扎实	厉　害	有佩服之意
2	胯　子	腿	（胯读 3 声）
3	灵　醒	好　看	
4	条　举	扫　帚	Tiao ju
5	浮　子	毛　巾	
6	滋一哈	擦拭一下	
7	么　斯	什　么	
8	冇　得	没　有	Mao de
9	是说吜	表示赞同	
10	耍　拉	麻　利	
11	豆　里	里　面	

序　号	武汉方言	普通话	发音备注
12	克哪里	去哪里	
13	苔吃哈胀	猛吃很多东西	
14	称　透	整　洁	Chen tou
15	条　子	身　材	
16	正　满	现　在	
17	季　熟	继　续	Ji shou
18	核　人	吓　人	He ren
19	一滴嘎	一点点	
20	三不只	偶　尔	
21	郭　啦	角　落	
22	撩　撇	简　单	
23	该　道	街　道	
24	贼	聪　明	
25	造　业	可　怜	
26	莫　慌	不要慌张	

第三部分　医学常用语

序　号	武汉方言	普通话	发音备注
1	呼吸不过来	呼吸困难	
2	喉咙疼	喉咙痛	
3	胸口疼	胸　痛	
4	头　疼	头　痛	
5	头　昏	头　晕	
6	克　受	咳　嗽	
7	法　搔	发烧、体温高	
8	伯细胞减少	白细胞减少	
9	握　心	恶　心	
10	味口不好	食欲不好	

序　号	武汉方言	普通话	发音备注
11	眼睛看不丑	眼睛视物模糊	
12	腰背疼不虚服	腰背疼不舒服	
13	忒发麻	腿发麻	
14	手觉冰凉	手脚很凉	
15	陡子胀	肚子胀	
16	窝　色	解小便	
17	色　少	尿　少	
18	透　痰	吐　痰	tou 第三声
19	过　早	吃早餐	
20	流　咸	流口水	
21	芬　咸	喷口水	
22	几满打针	什么时候打针	
23	撅一针	打一针	
24	针打完了	液体滴完了	
25	身体蛮怀	身体很差	
26	血压蛮高	血压很高	
27	过点细	细心一点	
28	莫挨时间	不要耽误时间	
29	护士好要拉	护士好麻利	

第四部分　温馨常用语

序　号	武汉方言	普通话	发音备注
1	你呀恢复得蛮好	您恢复得很好	您 =nia
2	你蛮杠	你非常棒	
3	你蛮灵醒	你很漂亮	
4	你蛮灵光	你很聪明	
5	你呀看到蛮年轻	您看起来很年轻	
6	要多活水	要多喝水	

序　号	武汉方言	普通话	发音备注
7	要听医森滴话	要听医生的话	
8	麻烦你呀戴好口罩	请您戴好口罩	
9	感 jo 好点冇	感觉好点吗	
10	莫和不过	不要害怕	
11	大家都在帮奏你	大家都在帮助你	
12	屋里人都等到你带	家人都在等着你	
13	葛自嘎加油	给自己加油	
14	你蛮快就要出克了	你很快就要出去了	
15	轴你呀康复	祝您康复	

（来源：中国网）

三、誓言 · 心声

"我是个老兵，一定完成任务！"

编者按：童朝晖，国家援鄂抗疫医疗队队员，留德医学博士、主任医师、教授、博士生导师、享受政府特殊津贴专家。首都医科大学附属北京朝阳医院副院长、北京市呼吸疾病研究所副所长。

2020 年 1 月 24 日，是除夕，春节假期开始。童朝晖则忙碌了一天，他在武汉支援新型冠状病毒感染的肺炎疫情救治，"今天去了几家医院，

童朝晖（左七）和其他医务人员合影

医疗救治专家
组成员童朝晖
的 一线 状态

看重病人，不会休息。"童朝晖说。

1月18日，童朝晖到达武汉，负责救治新型冠状病毒感染的肺炎危重症患者。他不是一个人在战斗，北京协和医院内科重症监护室主任杜斌教授、东南大学附属中大医院邱海波教授与他同一批到武汉，参与救治。"重症患者病情较重，有的病情进展较快，国家卫健委派我们过来，重点关注危重症患者。"童朝晖说。

童朝晖三人每天要到好几家医院去看重病人，工作明显比在北京忙。1月23日，三个人一直忙到下午一点半才吃午饭，下午接着进病房，一直忙到晚上。

武汉发热门诊的患者数量增加较快，童朝晖说，这些患者的病症不一定就是新型冠状病毒感染的肺炎，只是人们一发烧会很担心，会集中去医院看病。现在武汉当地医务人员工作强度比较大，呼吸危重症专业的医生和专家不够用。其他省市的医护人员也在积极报名支援武汉，这令童朝晖很欣慰。

2003年，童朝晖曾临危受命，担任SARS病房主任，当时他就在一线坚守了三个月，收治的100余名SARS患者无一例死亡。"2003年我们30多岁赶上SARS，现在50多岁赶上新型冠状病毒。我当年就不恐惧，现在就更不恐惧。严格防护就没问题！"童朝晖说。

非典时期，童朝晖年仅10岁的女儿童瑶曾给他写过一封信，"打完胜仗，胜利而归！我将用双臂迎接我那劳苦功高的爸爸。"

不仅仅是非典，救治重症H5N1、H1N1、H7N9、青海鼠疫、安徽宿州光气中毒等患者的"战役"中，也有童朝晖的身影。

这一次，童朝晖再赴疫情最前线，女儿每天都会发来信息，关心他的身体。

"鲁迅先生说，'我们从古以来，就有埋头苦干的人，有拼命硬干的人，有为民请命的人，有舍身求法的人……这就是中国的脊梁'。你在我、家人和全社会眼中就是这样的英雄！一定要注意防护！多加小心！要记住至亲的人在日夜记挂着你，翘首以盼你的归来。无论在哪里，无论什么时候，家里始终有一盏灯为你点亮！"看到女儿的留言，不惧疫情的童朝晖红了眼圈。

"我现在身体挺好，没问题！"童朝晖每天都会给家里人拍照片，让他们放心。

除夕，童朝晖很忙，他要到武汉几家医院，为几名重症及危重症患者进行会诊。"作为医生，平时肯定要为老百姓看好病，做好服务；在危难时刻，更应该挺身而出，承担起社会责任！"童朝晖说。

"非常感谢领导们、亲朋好友、同事们的关心！你们的关心和爱护给了我无比的温暖，更是我努力工作的动力！我是一个老兵，有丰富的作战经验。一定会圆满完成任务！"童朝晖在朋友圈中写道。

（来源：北京日报）

"每个人的防护服上都写着名字和'加油'"

编者按：姜利，国家援鄂医疗队队员，首都医科大学宣武医院重症医学科主任，从事危重病医学临床工作 27 年、参与救治危重症患者数千例、在急性呼吸窘迫综合征等方面积累了丰富临床经验。她于 1 月 26 日清晨抵达武汉，旋即进入武汉市金银潭医院工作，在坚守一线的同时，也坚持写下"武汉日记"。

1 月 26 日　武汉市金银潭医院：一个一个地梳理患者

一夜火车，早晨 7:48 到达武昌火车站。费了些周折联系到接站人员，到达驻地武汉会议中心，路上几乎没有车辆和行人。安顿好后，和东南大学附属中大医院党委副书记邱海波、首都医科大学附属北京朝阳医院副院长童朝晖、北京协和医院重症医学科（ICU）主任杜斌，以及几位各地来的 ICU 医生一起到达武汉市金银潭医院。我和杜斌教授今天去的南六病区，是由普通病房改造的 ICU 病房。部分患者病情危重，还有一些是不稳定的。病区的工作人员来自不同地区、不同医院，专业背景各异，大家认真把管床方式与流程进行了梳理，重新分工，接下来就是一个一个地梳理患者。在穿好防护服进入病区后，人就不能轻易出来，里面的一片纸也不能带出来，和非传染病房的工作方式有很大不同。大半天时间就这样过去了，对要处理的患者也有了初步印象。

1月27日　内外配合逐渐开始默契

病房早交班是7:55。驻地离医院大概10来公里，所以要一早赶过去。南方天气阴冷。昨夜有重病人去世，心中涌上来的悲伤，让我们更加坚定要竭尽所能。今天开始早晚双查房制，为夜班排除隐患，减少可以避免的抢救。我们管理的9名患者，5名病重，3名危重，低氧程度远较普通肺炎严重。ICU医生多花时间在床旁，而金银潭医院的医生帮助完成开医嘱和记病程的工作，内外配合逐渐开始默契。又把整理好的一部分工作流程贴在病区和治疗室的墙上，让大家执行时简单易行。

1月28日　个子不高的男护士像病房里的一个"稳压器"

依旧是在阴冽的清晨到达医院。今天我们组有两个"大活"，一名肾衰患者要做血液净化，另外一名则要进行最危险的操作——气管插管。看完病人后，几位医生兵分两路，分别去处理血液净化和气管插管。有了前几次的经验，我们提前把需要的药品事先准备好。不料喉镜又出了问题，在等待新喉镜的过程中，一位个子不高的男护士引起我的注意，他手法娴熟，一个多余的动作都没有，活干得让人看着极其舒服，操作的同时还不停地安慰一旁新来的护士和屋子里焦虑的患者，像病房里的一个"稳压器"。喉镜和负压吸引装置终于来了。管床的小伙子义无反顾地戴上防护头套，像个勇士一样完成了危险的操作，淡然镇静。

午饭时，发现医院宣教中心的老师给我做了个小视频，被学生发到网上。从下午到晚上，涌来了雪片般的问候，家人、朋友、同学、同事，认识的、不认识的……心中暖暖的。

1 月 29 日　作为同行，这时候能做的唯有鼓励

早晨一过去，得知夜间又有一名患者去世，多少有些沮丧。然而，宝贵时间更要留给活着的人。穿防护服时又被告知，防护用品很紧张，进去一次一定要多完成一些工作。但是，ICU 患者的病情瞬息万变，在外面中心台看着像坐过山车一样的生命体征，恨不得马上到床旁看看究竟发生了什么。然而，现实不允许这么做，只有一遍一遍拿着对讲机，和里面的护士们反复沟通，想办法找到原因并纠正。

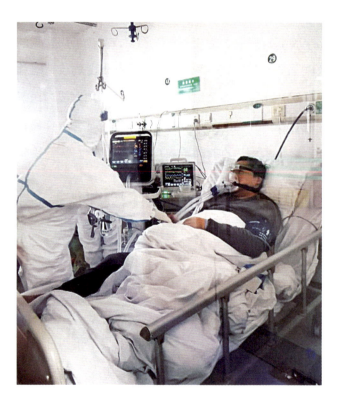

下午得到通知，去另外一家医院会诊及看望一名40 岁的医生，他因为病情加重，又和夫人双双染病，很是焦虑。我们看了他的病历资料和肺 CT，心里不免又一沉。好在视频通话时，他居然可以连续说话，不太费劲。作为同行，这时候能做的唯有鼓励。而作为外科医生，40 岁正是干事的年龄，希望这把"手术刀"能够保有锐利。

1月30日 每个人的防护服上都写着名字和"加油"

刚踏进病区门，就被护士长拉住，说有个小护士喘得不行，让我过去看看。脸上还是外科口罩，就麻烦护士长拿了个N95，我走进护士值班室。1991年出生的小姑娘一边喘一边哭，还在打电话，情绪很激动。我先摸了摸，不烧，心里大概有点数了。算算这姑娘比我女儿只大几岁，能够想象她所承受的压力和恐惧。跟护士长商量后，安排这姑娘休息，查个咽拭子再扫个CT，都是阴性，就踏实了。

因为插管上机的病人多了，进病房前和护士长达成共识，加强气道管理和其他重症常规护理。进病房后，又看到了一些新面孔，每个人的防护服上都写着名字和"加油"，都是各地来支援的ICU护士，日间的工作流程明显顺畅了许多。中午，几个情况不太好的患者都逐渐趋于稳定，连日阴天后太阳出来了，大家都心情大好。而好事成双的时候就更令人鼓舞。我们拿到了一箱可视喉镜和一次性页片，使得这项高危操作的时间得以缩短。

临下班前得知，90后姑娘没发烧，肺CT也没问题。希望姑娘能顺利回家。

1月31日 昨天所有的病人都还在

昨天下午到晚上，一共转进来3名患者，都是一进门就气管插管和复苏。值班的周医生来自湖北荆门，年纪不小了，很担心这一夜的工作会让他吃不消。他见到我后很"得意"地说，昨天所有的病人都还在，这是几天来的第一次。外科出身的周医生活干得漂亮，昨天给一个下肢皮肤切开减压的患者换药，好好地露了一手。查完房出来已近中午。吃完饭走到院外，阳光洒到身上暖洋洋的，很难得。

回来不久，一位老病人病情突然恶化，冲进去穿衣服时护士告诉我，别穿黄色的，不透气，还帮助我完美地完成防护，心里很是感动，在床旁协助我的医生完成气管插管和深静脉置管，镇静镇痛。出来后看到几位大教授在等我，赶紧和夜班医生做了交接。临走时，护士长给了一件社会捐助的崭新羽绒服，终于可以回去把我的脏衣服洗洗了。

（来源：新华网、首都医科大学宣武医院网站）

"这仗我不打，面对不了自己"

编者按：文力，国家援鄂医疗队队员，北京医院急诊科副主任医师。在赶赴武汉临行前，他和父母说了谎：告诉他们自己要去南方出差。在武汉的隔离病房完成第一次值守工作后，文力带着歉意给父母写了一封家书。

爸妈：

不好意思。大过节，家里装修，又有传染病的时候，家里现成的"劳力＋大夫"就这么没影了。

我还要告诉你们的是，我并不在自己所说的南方某城市出差。实际上，作为国家医疗队的成员，已经在武汉新型冠状病毒肺炎病房里开始救治患者了。你们问的俞姐姐、白姐姐都说了假话。别怪她们，是我请她们帮我圆谎的。

现在新的工作进入了正轨，有了点时间，你们也可能在网络媒体上看见了我的身影，谎言不攻自破。那就希望你们担心之余少一点被骗的伤心吧。我也一把年纪，检讨就免了。写此生第一封家书，表达歉意吧。

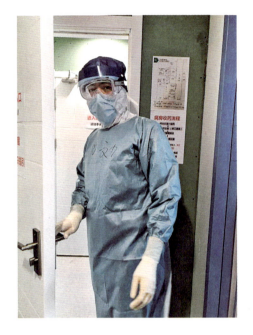

在这里挺好的，能吃能睡，还能帮助到他人。不过还是对不起，说了假话，还在别人阖家团聚的日子让你们担心我的安危。着实是不得已：从接到通知到踏上飞机只有十来个小时，出发前还有太多的业务准备，时间紧迫，我没有精力面对作为儿子的责任和内心深处的波澜。所以，我就干脆"忽悠"了你们一下，"溜"了。

我比普通民众更深知这次疫情危险，我也怕感染。可武汉离咱们的家乡长沙那么近。作为重症专业资深工作者，"战火"烧到老家门前，这仗我不打，着实面对不了自己。看到你们不知情地积极为我准备行李深入"险境"，内心的愧疚感又岂是"百爪挠心"能够形容的。对家而言，我跑得像个"逃兵"，挺狼狈的。但是请宽心，对国家需要而言，我们是武装到牙齿的"先锋部队"。儿子不是"出走"，而是胜券在握的"出征"。所以请原谅我这个成年人犯的"孩子错"。

有多年医院培养的专业技术做支撑，有单位及国家如此坚强的后盾做依靠，我一定能够战胜疫情，平安回家。

（来源：微信公众号"长安街知事"）

"我会拼了命让你活着"

编者按：丁新民，北京世纪坛医院援助武汉医疗队队长，呼吸与危重医学科主任医师。以下是 2 月 6 日丁新民接受中新社记者的电话采访。

电话那头，丁新民不停地喝着水。

忙碌一整天，晚上把自己扔回一个"密闭"的宿舍内，才有了喝水时间。

作为北京世纪坛医院援助武汉医疗队队长，抵达武汉 9 天，丁新民不断调快工作生活指针。"每天有那么多新增病例，医护人员若慢一点，病人命就没了。"

分秒必争的关头，丁新民建议他的 12 名队员，工作时必须"心无旁骛"，少喝水、少上卫生间，减少被感染的概率，把时间留给病人。

从早上 9 点踏入武汉协和医院西院隔离病房那一刻，丁新民在猴服、隔离服、口罩、护目镜及鞋套等的重重"包裹"下，不足 5 个小时，全身上下无不湿透。下午 2 点出来，整个人几乎虚脱。

"我是军人出身，身体素质尚可，但 5 个小时对 40 名病人的查房亦会疲惫，何况有比我年龄更长的医务人员。"接受记者电话专访时，丁新民的声音干涩疲倦。

在武汉这些天，丁新民称这是他从医 20 多年心理压力最大的日子。过去在军队医院，参加过不少突发事件救治，唯独这次，遇到这场瞬间爆发的疫情，体力透支交织着心理压力，有时会将人推向精神崩溃边缘。

"其实对于多数医护人员来讲，体力问题算不得什么，重要的是如何缓解心中的压抑。面对一个传染性极强的病，不担心被传染有点不切实际，但治病救人又是你的天职。"

50 岁的丁新民说，他不认同医护人员支援武汉是"天使逆行"，关键时刻迎难而上是职业属性，你干的就是跟病魔抢病人的工作。"如果有一天扛不住，倒下了，也不辱这件白大褂。"

这段时间以来，媒体披露有患者辱骂、殴打医护人员的消息。在丁新民看来，对于这个新出现的疾病，能不能治愈，很多病人心里没底。一时的害怕、恐慌都属普通人的正常反应。

"病人的压抑、恐惧、无助，在他们顶不住时，很可能会发泄在医生护士身上，甚至有病人向我们吐口水、撕扯我们的防护服。当时也很生气，但回头想想，你能怪他吗？"

丁新民回忆，这几天遇到一个 30 多岁女性患者，自己本身病情很重被隔离治疗，可还想着父母怎么样。可她并不知道，父母已相继去世了。"在这种心理创伤下，可以想见病人的心理状态，你再怎么安慰，也缓不过劲来。就像这位女患者得知父母离世，情绪瞬间爆发。哭着喊着要去重症监护室，连续好几天不睡觉，甚至不想活了。"

忆及这件事，电话里的丁新民，情绪有些激动。"在患者非理性状态下，如果不批评她，可能是无效的。我对她讲，不管如何，只要还有 1%的希望，我就会全力救你，你不配合，连一点希望都没了。我瞒着老人孩子从北京来，冒着危险，不就是为了救你吗？你也要给我个机会。你把命交给我，我拼了命也会让你活着走出医院！"

说完这句话，电话里的丁新民沉默了。过了许久，他对记者说："无论如何，我不想让病人就这样在恐惧中死去。"

在他看来，对于病人治疗是一方面，但更多时候要在心理层面给予宽慰和疏导，要让患者逐渐从恐慌中平静下来。告诉他们，这个病怎么一回事，只要积极治疗，康复总是有希望的，重拾求生欲太重要了。

到武汉这几天，丁新民几乎睡不了一个安稳觉。夜深人静，电话里的他时不时打着哈欠。"采访完，我马上要写工作日志了。"

"您和队员还要在武汉待多久？"

对于记者的问题，丁新民想了想说："两周，也可能更久。我们都做好了心理准备。"

据他形容，这几天，他下班后喜欢上了骑单车，特别是在武汉空旷的街头，可以思考很多问题。比如说："平日里，你经常会看到医患矛盾，百姓经常不解，甚至抱怨为何看病这么难，更恶劣的还会有人伤害医护人员。"

"可到了危难关头，每个医护人员都争先恐后跑到武汉，他们也是父母的孩子，孩子的父母。不怕吗？怕！可担心过后，又无怨无悔上了'战场'，没人给他的身份丢脸。"

缓了片刻，丁新民补了一句："让我们彼此理解吧。"

此时，已是零点零二分，丁新民放下电话，开始整理他一天的工作日志。

（来源：中国新闻网）

"请允许我再'任性'一次"

编者按：丁莹，中日友好医院第二批医疗队队员、保健一部主管护师，她从武汉发回一封家书，摘录如下。

今天下午，收到了女儿学校的老师和孩子们制作的慰问视频！短短的视频满载着老师的关爱和孩子的祈盼！大年初三，本应是和你们相聚团圆的日子，可我却不在你们身边，作为一个女儿、一个母亲，我深感自责和愧疚。可身为医务工作者，我不得不作出这样的抉择。

爸爸、妈妈，请你们原谅我，在父亲身患重病之际，女儿不能床前尽孝。我最亲爱的女儿，在你最需要家庭温暖、需要陪伴的时候，这一次妈妈又食言了。这次决定没与你们商量，于家人而言我是愧疚的。但身为一名医务工作者，请允许我再"任性"一次。毕竟在武汉最前线，有许多患者更需要我们去救助。这些患者也是身为子女，为人父母，他们也想早日战胜病魔，与家人团聚。这正是我身上肩负的使命。

接到任务，一个小时内作出了支援一线的决定。这一个小时里，我满眼望去全是你们，脑海中也闪现过无数种未知的可能，我也知道此次出征，前方面临的就是危险。

这些天在武汉抗击疫情的第一线，看到那些需要救治的患者，从他们渴望的眼神中，我知道我这次决定是正确的。我也相信我们有能力治愈更多患者，最终一定能打赢这场抗击疫情阻击战！

写到这里，刚刚又接到了通知，马上又要重返病房一线，有很多话想和你们讲，我会照顾好自己，请你们安心！虽然归时无期，但请相信我一定会凯旋！

（来源：人民网）

"我们制作爱心卡片，鼓励他们消除恐惧配合治疗"

编者按：张佳男，北医三院援鄂医疗队队员、北医三院危重医学科护士。张文慧，北医三院援鄂医疗队队员、北医三院内分泌科护士。为了帮助隔离病房的患者树立战胜疾病的信心，护理团队在医护与患者之间建立有效的沟通桥梁，把人文关怀带入隔离病房。

时间：1月29日　地点：武汉

今天凌晨2点钟，北京大学第三医院援鄂医疗队第一组全体队员一行10人，从酒店出发前往同济医院中法院区。小组由葛庆岗组长、李少云副组长、袁晓宁临时党支部书记三人带队，组员有李超、王军红医师，张佳男、夏云霞、王鹏鹏、陈琦、梁超护师和护士。

如果不是医院门诊前的节日小彩灯，我们已经忘了今天是大年初五。迅速进入医院后，葛庆岗组长跟兄弟医院的医师交接班，病房里已经收治了12个新型冠状病毒感染的肺炎病人，其中3个是重症。李少云护士长跟病房护士长做物资交接，袁晓宁盯着队员们做感控，每一个扣、每个护目镜都一一检查，不放过任何细节。我们相互在队友的防护服上写上名字，以便认出彼此。

3点准时进入病房。最开始进去的是葛庆岗、李少云和梁超，看着战友的背影不禁泪目。逆行者终会看到光明。在外面的队友互相鼓励，整理流程，为接下来的工作做准备。

随后李超医师，王鹏鹏护师、夏云霞护士接替进入。两位护师今晚承担着静脉采血任务。这是一项有创操作，每个病人平均要采七八管血，风险可想而知。时间到了，他们从容坚定地进入病房。

最后王军红医师，张佳男护士、陈琦护师接替进入病房。

院感防控专家袁晓宁一直在污染区全程督导防控。

工作过程中，葛庆岗组长叮嘱大家，在病区里一定不要慌，要沉着面对病人，稳定病人情绪，给病人以信心和力量，同时要注意个人防护。

不一样的味道，一样的感觉，17年前抗击SARS的熟悉感迎面而来……

时间：2月1日　地点：武汉

进入隔离病房后，我们发现，患者对自己当前的状况普遍比较担心，

国家援鄂医疗队队员正在制作爱心卡片

而对于穿着密闭防护服的医护人员，每多走一步路、多说一句话都会消耗很大的体力，为了帮助隔离病房的患者树立战胜疾病的信心，我们返回驻地向上级请示后，初步计划遵循北医三院"三米阳光"的护理文化理念，在医护与患者之间建立有效的沟通桥梁，把人文关怀带进隔离病房。

"三米之内有阳光"，是北医三院倡导的护理理念，提倡在工作场所中关注、关心、关爱出现在我们三米内的所有人，用护理人的行动，为患者加油鼓劲，消除恐惧，拉近彼此距离。危难关头，树立战胜疾病的信心，营造温馨的氛围。

很快，我们借鉴北医三院危重医学科原有与患者沟通的方式，在此基础上制作大量的写满鼓励话语的彩色爱心卡片——"致患者的一封信"，这是我们跟患者交流的一种方式。我们连线北京的大后方，获得护理部李葆华主任的支持和亲自设计指导。队员们用自制的彩纸裁剪、修改，大家

国家援鄂医疗队队员制作的爱心卡片，鼓励患者增强信心，积极配合治疗

发挥团队力量，很快一张张载满爱的卡片将被带进隔离病房，送到每位患者手上。这些卡片上写有"加油，武汉！""加油，热干面！""信心是比黄金还可贵的东西""不要害怕，相信我们与你们同在""无论何时，不抛弃，不放弃！"相信患者看了这些鼓励的话，会增加信心，会配合积极治疗。

虽然医护人员穿着厚厚的隔离服，但他们始终与患者同在，加油鼓劲的初心不变，透过护目镜的眼神是坚定的，战胜病魔的信心是有的。隔离病毒，但并不隔离爱。队员们希望通过这一封封载满爱的信，能帮助隔离病房的患者消除恐惧，并使他们积极配合治疗。

这是一场没有硝烟的战斗，鼓舞士气，树立信心，是一剂更有效的药。危难时刻、同心同力，战"疫"有我、武汉必胜。

没有科学的人文是滥情，没有人文的科学是傲慢。护理是一门既科学又饱含人文的学科。有时去治愈，常常去帮助，总是去安慰，倡导所有护理同道，与患者一起，让温暖的阳光洒满武汉，战胜病毒，消除恐惧，护理人在行动！

（来源：中国网）

✚ "不想让她们说感谢，能帮到就好"

编者按：吴丹，山西援鄂医疗队队员，山西白求恩医院神经外科护士，她讲述了援鄂第五天（1月30日）在仙桃市人民医院感染科二层隔离病房工作的情况。

今天是我和另外三个医院的姐妹配合，一行四人参与工作。整个病区24个病人，好几台无创呼吸机，原先只有两个老师在管，血压、血氧、血糖的定点监测，大量的工作，根本跑不过来；患者没有家属，所有的生

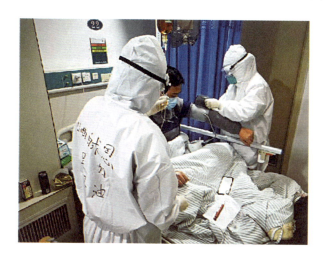

照顾患者

仙桃市民自发送来的鲜花，并在卡片上写上了"感谢"

活护理和治疗都需要护士进行。

我们四个进行分工配合，有的负责输液治疗，对患者进行宣教，有的为每个病床发黄色垃圾袋、每个病房门口放免洗手消毒液，帮患者进行生活护理、心理安慰。

每个姐妹穿着防护服，肿得像个大熊猫，为方便来回走动，大家把鞋套用胶布绑在腿上。隔离衣穿很长时间，戴口罩捂得非常严实，会觉得有点缺氧，穿了纸尿裤，虽然不习惯，但只能憋到下班。

我太能体会到她们的不易，当地的老师们一个劲儿地在说"谢谢"，我真心觉得愧疚。

来仙桃的这几天，仙桃市人民医院贴心为我们准备了新的牙刷、毛巾和秋衣秋裤，我们还不断收到仙桃市民捐赠的水果、方便面、矿泉水、毛巾、酸奶……还有商业组织给我们捐赠羽绒服，他们说怕我们冷……

不想让她们说感谢，也不需要说感谢，能帮到她们就好。

我们医院现在由武汉的同济医院托管，湖北对我们帮助非常大；湖北有困难，我们义不容辞。而且我们都是中国人、是一家人，一方有难、八方支援都是应该的！

今天会整理工作流程，协商更好的工作模式。愿我们众志成城、共渡难关！愿疫情早日过去！

（来源：新华网）

"战胜疫情再办婚礼"

编者按：李霏霏，内蒙古自治区援鄂医疗队成员，内蒙古民族大学附属医院心胸外科护士。2月24日，原本是李霏霏结婚的日子。然而，面对新型冠状病毒感染肺炎疫情的来袭，她决定推后婚期，收起白色婚纱，披上白色大褂，成为一名驰援湖北的逆行者。

在通辽市援鄂医疗队30名成员中，李霏霏是一名工作刚满两年的女孩。记者了解到，李霏霏老家在赤峰市，她和未婚夫是高中同学，大学后俩人恋爱，已经经过了7年多的"爱情长跑"，原定于2020年2月24日步入婚姻殿堂。

疫情发生后，李霏霏投入紧张的抗击疫情一线工作，当得知医院要组织派遣援鄂医疗队后，她与未婚夫商量推迟婚礼，主动请缨加入医疗队驰援湖北。

"什么时候回来还不清楚，婚礼自然就要延期了。好在他非常理解我，还鼓励我报名参加。等战胜这场疫情，我们办一场庆祝胜利的婚礼。"李霏霏笑着说。

　　2月4日下午，内蒙古民族大学附属医院组成医疗队在通辽集结完毕，李霏霏随医疗队第一批成员飞抵呼和浩特，这个性格爽朗的姑娘坚持没让未婚夫前来送行。"走时别送我，等我回来时你来接我。"

（来源：中国新闻网）

"尽量控制自己的呼吸，小心翼翼地喘气"

编者按：路栋栋，辽宁省第二批援鄂医疗队队员，锦州医大附一院呼吸内科一病区主治医师，他讲述了医护人员在护目镜和防护服中工作的情景。

2020 年 2 月 3 日，星期一，多云，武汉蔡甸区人民医院

我所在的病区是新组建的，从昨天开诊，病房现有患者 24 人。

今天晚上我夜班，7 点接班，12 点出传染病区。在传染病区待上几个小时，护目镜里已是雾蒙蒙的一片，看什么都是模糊的。

为了减少护目镜内的雾气，保证视线，我们只能尽量控制自己的呼吸，小心翼翼地喘气。即便如此，每次看 X 光片的时间也要比平时多出一倍。

厚厚的防护服下，汗水一点一点渗透衣服，双手在手套里捂得起皱，护目镜里的雾气一次次凝结成水珠滴在脸上。口罩并不透气，每一次的呼吸都是潮湿的、压抑的、艰难的。

然而，眼前的这点困难打不倒我们，我们会凭借着培训学习到的内

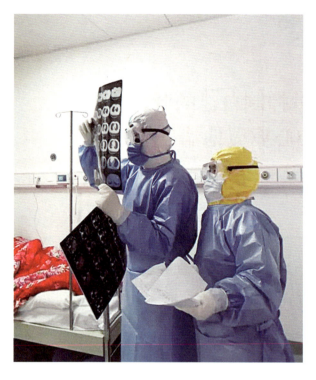

容以及以往的诊治经验帮助患者，渡过难关。希望这次疫情尽快过去，大家早日恢复到正常的生活。

来武汉前，我也曾犹豫过。我有两个孩子，小儿子还没有满5个月，家里还有年迈的父母，我走了，他们怎么办。妻子看出了我的顾虑，产假还没结束的她对我说："放心去吧，家里有我，孩子们有我。我也是一名白衣天使，不能和你一起去前线，我就在家里做你的坚强后盾。"

家人的支持让我明白，自己的选择没有错，妻子的话让我更加坚定了我来武汉支援的决心。困难再多，我们都会克服，再难再累，我们都会坚持到底，不打胜仗誓不回。

（来源：人民网）

"他们都是我的队友，
我们是最熟悉的陌生人"

编者按：李南，吉林省援鄂医疗队队员，吉林大学第一医院援鄂医疗队队员、临时党支部书记、ICU二组医生，她讲述了与其他同事并肩战斗的故事。

时间：1月30日　地点：武汉

"激动的灵魂，也许今夜，我不会让自己在思念里沉沦，我们变成了世上最熟悉的陌生人。"这首《最熟悉的陌生人》，是属于我这个年龄人的经典回忆，时不时地会在脑海中盘旋，在口中轻唱。

看着我身边一起工作的伙伴，我的脑海中一下子就蹦出了这句歌词——最熟悉的陌生人。

今晚我们踏着月色走进医院，我是晚上8点的班，进到病房里灯火通明，不辨日夜。第一次全副

武装穿好防护服走进病房，心里酸酸的。周围的人一个都"不认识"，完全看不出来谁是谁，但是我知道他们都是我的队友，我们是最熟悉的陌生人。

再次看到监护仪上跳动的数字，再次听到机器报警滴答作响，这是我熟悉的工作场景，不同的是病人群体。他们大部分也都戴着口罩，只有少数呼吸费力不戴口罩的人才能够看清面容。

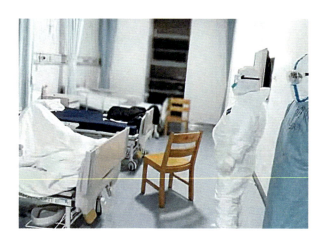

他们有的闭眼休息，有的发呆看着四周。当他们与我对视的时候，眼中一下子射出光彩，我能感觉到那是无声的期待和信任，是我前进的动力！

为了节省防护物资，进入病房工作期间无特殊情况不更换防护服，我终于为我的体型付出了代价。是谁说病房时不时开窗通风很冷，必须穿厚厚的？那是你们不知道防护服丝毫不透气，你们不知道我没有一刻闲下来，你们不知道我这堪比杨贵妃的体型！我上当了，我被你们误导了，我的汗湿透了防护服内所有的衣服！

下班洗完澡走出病房，我觉得身轻如燕！武汉凌晨3点的夜空，虽然看不到星星，但是医院大楼外墙的灯光闪烁，比星星更耀眼，更璀璨！

时间：2月3日　地点：武汉

生日年年过，今年大不同！

今天是我们来到武汉的第七天。早上起来拉开窗帘，阳光扑面而来洒满床面，今天真是个好日子，还是个特殊的日子！是我们的队友，神经创伤外科护士纪永志的生日！

虽然他自己没有说出来，但是被我们细心的领队发现了。一大早就在群里祝福生日快乐，并提前联系了宾馆餐饮部，准备了长寿面。

大家也纷纷在群里祝他生日快乐！纪永志感动地写下这段话："感谢各位领导、老师以及大家送的祝福，让我度过了一个难忘的生日，激动得不知道说什么好，是这场疫情，让我们相聚在一起，我们有信心有能力取得胜利，我最大的心愿，祝愿我们早日胜利，咱们一大家人平平安安回家，再次谢谢大家！"

由于我们特殊的工作性质，我们无法聚在一起为队友庆祝生日，但是办法总比困难多，心意总能找到对的方式表达出来，微信发送视频送上的祝福是我们听到过最温馨的话语！

人在他乡，心系故乡！在生日这一天，祝过生日的队友防护好自己平安回家！祝他的父亲母亲身体健康！祝他的妻子以及孕育中的宝宝平安喜乐！

时间：2月3日　地点：武汉

今天一大早收到大女儿班主任的微信，以为又是祝福、提醒之类的话语，打开一看居然是女儿的日记，王老师每天要求孩子们上传日记进行批改，没想到孩子写出这番话语！

妈妈：

　　转眼您去武汉已经七天了，我有些心里话想对您说。当您接到去支援武汉的电话时，我很惊讶。心里十分不舍。看着每日武汉增加的确诊病例，我不由分说地紧张起来，对您的牵挂也随之增加了。您不在家，虽然少了您的唠叨，但是依旧十分想念您。我慢慢理解了，您说党员一定要在危险时刻冲到最前面，别人说您是英雄，是白衣天使，是最美逆行者。在我心里，您是我的妈妈，我盼望您能早日平安归来！所有的语言都很苍白，表达不出我的感受，我只希望您能早日平安归来。

女儿

孩子不能真正理解新型冠状病毒到底是什么，为什么有危险，妈妈为

什么要去武汉，但她的想法很简单，希望妈妈平平安安的，早点回家。

　　是啊，大家都想健健康康，平平安安！我们医务工作者这么想，患者和家属也这么想。每个人都肩负很多角色和使命，身为别人的子女、伴侣和父母！

　　不禁想到昨天的事情。昨天我当班，病房里一位患者故去了，我们当班医生用了整整一下午时间反复和家属电话沟通。家属的情绪崩溃了，患者是家中的顶梁柱，子女也还在上学的年龄。家属反复问我们走得是不是安详，家属能不能来见他最后一面。我们很想帮助她，可是不能！传染病有明确的处理流程，这也是为了家属自身安全！

　　我们能做的事情不多，但是我想到《中国机长》中的一句话：敬畏生命，敬畏职责，敬畏规章！

（来源：人民网）

"为新生命欢呼，为明天加油！"

编者按：刘冰，黑龙江援鄂医疗队成员，哈医大四院耳鼻喉科护士，他讲述了接生父母均是确诊新型冠状病毒感染的肺炎患者的男婴的场景。

2020 年 2 月 1 日，武汉，晴

来武汉支援的第五天。清晨醒来，看了看窗外，阳光明媚，又是新的一天，街道上依然平静。

因为今天休班，早饭后和家人进行了简单的通话。然后按要求进行室内消毒，练习基本操作和隔离技术。原以为平静的一天，却因下午的时候得到的一个消息而欢欣鼓舞：就在今天我们的产房里，一个新生命诞生了！

据报道说这是疫情发生后，武汉第一个顺产男婴。这不是一次普通的接生，他的父亲是一个确诊新型冠状病毒感染的肺炎患者，他的母亲是一个弱阳性的患者，但是男婴各项指标都很正常，是一个非常健康的小男婴。

我们的宋波主任给他起了个名字叫"小北龙"。我们问宋波老师为什么给孩子取名叫小北龙。宋波老师说：小北龙是湖北和黑龙江两地医生并肩作战、共同努力的结晶，也将会是我

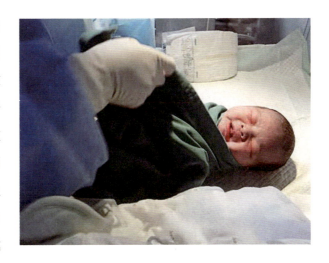

们众志成城打赢这场疫情阻击战的一个见证。因为今天我休班，很遗憾这激动人心的时刻，我没有亲眼目睹到。但是听同事们说：小北龙的父母很激动，不停地在感谢所有的医护人员。在这个特殊的时期，其实我们最想看到的就是：你们能健康地走出这个病房，像小北龙一样健健康康地离开隔离区。作为一个医护工作者，我深深地体会到了我们肩负的重任和所有患者对我们的信任。

在这场没有硝烟的艰苦战争中，有病痛，有感动，有逝去，也有新生。为这个幸运的孩子祝福吧，也希望他能给大家带来好运，为了更好的明天继续努力拼搏，我们一定能赢！

（来源：东北网）

"我会用温暖的双手救治更多患者"

编者按：傅佳顺，上海首批援鄂医疗队队员，上海仁济医院南院重症监护室护士，他详细介绍了在武汉金银潭医院的工作场景。钱晓，上海首批援鄂医疗队队员，上海市第六人民医院重症医学科主管护师；文佳，上海首批援鄂医疗队成员，上海市第六人民医院重症医学科护师，两人讲述在武汉金银潭医院 ICU 救治护理重症患者的故事。

讲述者：傅佳顺　时间：1月26日

6:00　早早醒来的我微信给父母报了平安。妈妈说，家中独子赶赴前线，担心得睡不着，可还是理解并支持我的选择。

9:00　我们随各医护小组长前往医院了解情况，和科室对接。当地医疗卫生条件和设施设备与上海相比，存在差距，医务人员和医疗物资都存在短缺。战友们陆续接到通知，下午前往临床一线，心中难免些许忐忑。

12:00　所有人匆匆吃了简餐。中午陆续接到各方关心讯息，院领导再次明确提出，有困难，找组织，找领导。叮嘱不同医院的队友多协作，多关心，多照顾。这是我们强有力的护盾！加油！

13：00　今天起将接手北二楼和北三楼，都是基本规范的传染病建制病房，2层是普通病房，收治确诊患者；3层收治重症患者，简易监护室病房，配备无创呼吸机，防护措施基本到位，但后期供应可能会有困难，现场氛围再次凝重。

13：30　中午会议结束，各家医院主动统计物资，做好下一步的使用规划。我们把带来的设施统一管理，首先供应下午前往临床一线的战友。先用自己带来的，不够再想办法调剂。希望不用调剂。

15：00　"还有5分钟，请今天上班的战友培训结束，穿脱防护服马上出发！"来不及和下午赶赴病区的战友告别，起身站立目送，致敬先行者们！平安归来就是胜利！

15：30　取出手机，重温病毒诊疗和防护培训内容。

18：00　匆匆晚餐，医疗和护理组长召开微信会议，紧急安排后续工作。

之前很难想象在和平年代，我们有机会以这样的方式为国家和护理事业奉献，我很自豪！困难是暂时的，相信我们的祖国，终能踏雪逢春！

讲述者：钱晓　时间：1月27日

从大年夜出发，来武汉已经两天。临行前，六岁女儿说："妈妈，你是我心里最厉害的英雄！"武汉医务人员紧张，我们必须勇敢逆行！

现在从窗户往外看,路上没有一个行人,空气中弥漫着紧张的气氛。

即使我们都是具有丰富危重症护理经验的医务人员,医疗队也不敢让我们贸然闯入,抵汉第一时间就进行紧张的培训。

实操培训中,我们必须把所有流程练熟,确保每位队员都能从上到下正确穿脱防护服。保证医护人员安全,才能守好这座城。

目前,上海医疗队接管金银潭医院的北二楼和北三楼,二楼是普通感染病人,三楼是临时组建的简易ICU。我们作为重症护士被分配在三楼,1月26日晚正式接管,原有医护全部撤走。

远在千里之外,但我们知道医院永远是最坚强的后盾,我们无惧无怕,没有硝烟的人民保卫战,很荣幸能参与打响第一枪!

讲述者:文佳　时间:1月27日

早上6点半,大家在大厅集合好,准备去医院接班。外面很黑,大家相伴着一起走到医院。

接班时,被通知由于隔离衣不够,要等到隔离衣到位,才能交接班。为此延迟到7点50分进病房。

后来,母院(上海市第六人民医院东院)得知此事紧急给我们发来

一箱防护物资,叮嘱保护好自己,也尽量减轻武汉医院资源压力。

在ICU护理重症患者,忙得停不下来。我在主班,钱晓在治疗班,她一天冲配了200多瓶补液,

相当于日常工作强度的 2 倍。

患者病情都很重，需要无创呼吸机支持。有些患者强行要把面罩拿下来不停咳喘，我们要时刻眼观六路耳听八方，照顾到每位患者。

病员满床，且为重症病人，对防护要求更高，防护用品消耗量大。重症监护室交叉感染概率大，辅助人员配备少，工作任务多且杂。包括照顾患者大小便、给患者喂饭、安抚激动患者的情绪、领用物、领器械、领培养管、给检验科送临时标本，甚至包括环境清洁和取医护盒饭……

下午 1 点半，洗手脱衣服准备吃午饭。天，菜居然成了冻冻！难怪夜班老师说冷，但我居然没觉得，可能因为是白班的缘故吧！特别敬佩夜班医护，为了保持通风，一直用体温对抗着寒冷！

连续工作 12 个小时，回到住处，远在上海的儿子已熟睡，没能视频。但一想到儿子熟睡的健康的小脸，什么疲倦都没有了。

抗击疫情，我们必胜，亲爱的宝贝，等我回来！

讲述者：文佳　时间：1 月 28 日

大家都穿了防护服，看不清各自面容，大家在防护服外面写上自己和母院的名字，方便沟通，不至于认错对方。

今天照顾的重症患者病情都比较稳定，心里有一些小小成就感。晚上8 点半去北四楼送完病史，终于可以脱下防护服回住所了。

回酒店路上，十分冷清，几乎看不到一个行人，路上偶尔驶过一辆车，转眼消失在夜幕里。我这时才感觉出全身乏累，手指也冻得不灵活了。

回到驻地，上海市第六人民医院的钱海泳老师送来奶茶和面包，说这是武汉市民下午专程给上海医疗队送来的。

我和钱晓接过奶茶，一口气灌下大半杯。一天都没敢喝水，实在太渴了！细细品味了一下奶茶的香甜，内心充满了感动。

我们冒着生命危险在救治武汉人民，武汉人民也在默默关心着我们。感谢武汉，携手抗击疫情，此战必胜！

晚上拿出手机，儿子睡着了。看了微信才知道上海第二批援鄂医疗队已到武汉，母院领导让他们带来好多防护品和慰问品，甚至还带了暖宝宝！

我想说，其实我们真的很好！我的手再不会冷了，我会用温暖的双手救治更多患者！

（来源：人民网）

"当患者经过治疗转危为安那种欣喜无法用言语形容"

编者按：柯章敏，江苏援鄂医疗队成员，南京市江宁医院呼吸与危重症医学科主治医师。

时间：1 月 31 日　地点：武汉

从跟随江苏省医疗队进入江夏区第一人民医院工作以来，发生了太多让我感动的事情。我也从刚开始进入隔离病房时有些许紧张，到能从容应对病房里发生的各种突发情况。能为武汉人民作一点贡献，也是追寻我当初学医时的初心。当患者经过我们的精心治疗后由危转安时，那种欣喜和成就感无法用言语来形容。

1 月 31 日那天，我管床的一

位 50 多岁的新型冠状病毒肺炎确诊患者经过调整治疗后，胸闷气喘症状较前明显好转。每次我查房时，他的第一句话总是"谢谢您医生"。当他得知我是来自南京市江宁医院后特别激动。他说，很感谢我们江苏医务人员的支援，还告诉我他女儿目前在中国药科大学上学，成绩很好，他经常来南京江宁看望女儿，所以对江宁地区比较熟悉，江宁的医院口碑不错，所以看到我们来他对治疗更有信心了。

时间：2 月 4 日　地点：武汉

今天早晨，我和往常一样去医院上班，等到医院戴口罩时才发现，我拿的这只 N95 口罩系带坏了，无法收缩固定无法正常使用。如果是平常，我肯定扔掉换一只新的，但疫情防控期间，全国人民都省吃俭用给我们提供物资，特别是想到前些天，我看到科室做气管镜的医生连外科口罩都捉襟见肘时，实在不忍心将这只口罩浪费。于是我小心地将它收好，等下班回到宿舍后，我用一支签字笔花了二十多分钟将它恢复。只要人人都在自己平凡的岗位上作出一点小小的努力，我相信一定会很快战胜疫情。

时间：2 月 5 日　地点：武汉

2 月 5 日是我进入呼吸与危重症医学科工作的第十一天，早晨查房后 3 床患者悄悄地拉住我，我以为他还是来找我咨询病情，害怕病情进展预后不良。于是，我又详细地和患者解释了他目前的情况，并抚慰了一下他的焦虑。谁知，这位患者压低了声音告诉我，他很感谢江苏医疗团队的支援，理解并感恩目前的治疗。他说："看到那么多医护人员夜以继日地工作，与疫情作斗争，我一个普通人也没啥可做的，如果可以的话，希望等我走了以后捐献自己的遗体用于医学研究，为尽快战胜病毒作一点自己的贡献。"

（来源：人民网）

"医护人员比我们想象的还要苦还要累"

编者按：郑霞，浙江大学附属第一医院重症监护室副主任医师，中国医师协会重症医学分会青年委员会副主委。她作为国家卫健委专家组成员，直接进入武汉市金银潭医院重症隔离病房给最危重的病人查房，制订诊疗方案。1月24日下午，远在武汉的郑霞，接受了钱江晚报记者的采访。

记者：请问您到达武汉后，主要是参与哪些工作，具体怎么开展？

郑霞：我们到达武汉以后，今天先是由邱海波教授带领我们进驻金银潭医院，因为金银潭医院是定点医院，有很多危重症病人。我们进行了分区管理。我和广东一位医生一起来负责 ICU 的重病人管理。

早晨去了医院之后，我先简单梳理了一下病人的名单和基本病情。然后进入病房进行查房，大概到 12 点左右才查房结束，进行了医嘱的一些整理和调整，还进行病人的信息评估和一些数据的整理，动态实时监测病人一些生命体征的变化，然后和当地的医生一起来讨论治疗方案。

记者：目前您看到的患者情况总体如何？

郑霞：疫情确实比较严重。一线的医护人员都已经疲劳工作，非常的辛苦，甚至比我们想象的还要苦、还要累。已经有一些医护人员生病，累倒。所以这里特别缺乏医生，需要大量的一线医务人员来进行工作和救治。所以我们的来到，是身为医生应该做的事情。

这里的病人病情还是非常复杂的，属于严重的肺部疾病。所以这里的护士，要穿着那种就是比较复杂严密的防护服，非常非常沉重而且很闷，他们要连续工作四个小时以上。四个小时一轮，那就是一天要换六班。他们在这样密闭的，而且是很危险的环境下需要待的时间很长，连水也不能喝，工作量确实是非常大、非常累。而且病人都很重，有上 CRT 的，有上 ECMO 的，呼吸机的参数都非常高。所以治疗的难度确实还是可想而知的。

现在因为抽调了一部分人员来救援帮助，所以能够将排班改成六个小时一次。这样可能对于护士的压力才变小一点。

我们今天进去查房，邱教授带着我们，十个病人看下来就大概花了两个半小时，所以病情还是很复杂的，整个工作量还是比较大的。

记者：这次你为什么义无反顾地冲在前线，家里人包括医院给予了怎样的支持？

郑霞：说不担心，那肯定是不可能的，每个家里人都很担心。我父母

郑霞医生（右）工作现场

嘱咐我要多注意防护，包括领导也是嘱咐我，一定要保重自己。

浙大一院从梁廷波书记到各位院长，还有我们科室的蔡主任和其他科室主任，还有很多很多的同事，都给了我极大的支持，让我虽然身处武汉，依然能感受到大家的温暖。同时，我也要感谢我的家人，我父母。因为在春节合家团圆的日子，我不得不离开他们，远赴武汉，但是他们都能理解，因为我毕竟做了 15 年的 ICU 医生。所以我真的非常感谢所有理解支持我的人。

记者：请问您在金银潭医院看到的状况，参照当年非典，是怎样的感觉？

郑霞：我没有参加过非典的救治，那时候我还没有工作。但是这次在金银潭医院，看到这么多的危重病人集体救治，还是比较震撼的。觉得这里的医护人员真是非常之辛苦、非常之不容易。

记者：今天是除夕，您的除夕是怎么过的，可以分享下吗？

郑霞：本来是说平时中饭就在医院食堂吃，然后晚上回到住处吃。因为今天是除夕，杜斌教授特意在保证安全的前提下，组织大家一块儿简单地吃一下。

这是一个繁忙的除夕，我相信在浙江的我的同事们也是一样的，他们也都在一线很辛苦地工作，取消了春节休假。所以，我希望大家都很好，尤其是注意防护好，不光是我这里，在哪里大家都应该保护好自己，然后平平安安地过一个年。我最希望的是，这次疫情早点结束。

（来源：钱江晚报）

"我想阴霾很快会褪去"

编者按：王叶飞，安徽援鄂医疗队成员、中国科大附一院（安徽省立医院）西区麻醉复苏室主管护师。这是王叶飞与一名患者的对话。

今天（1月30日）是第二天当值六病区前组的班次，还是负责两个病危、两个病重的患者。很欣慰的是，今天21床阿姨状态好了很多，家里人前几天给她送来了手机，她是我们重症监护病区屈指可数的能用手机了解到外面世界变化的病人，第一排解了清醒时的烦闷和孤单，第二能收到来自家人的关心和祝福。

昨天，她总是在不昏睡的时候看看新闻，我在给她护理时，她对我说了句，谢谢！

今天上午上完一轮药物治疗后，我们病区前组的窗台透进了久违的阳光。来武汉第四天了，第一天看见太阳，阿姨的床位靠近窗户，她自己应该也感觉到了暖意，戴着加压吸氧，阿姨看上去精神好了许多，也不那么喘了，咳嗽次数也不是很频繁，但依然无法下床，只能床上活动。

我走近她，准备记录生命体征，阿姨主动和我说起话来：

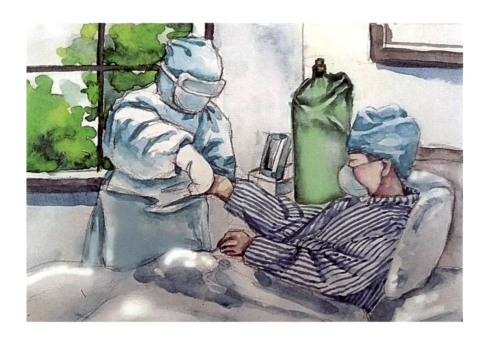

"中科大附一院是哪里？"

哦，她是看见我隔离衣胸口上的字了，我们病区护理人员一半以上都是来自外院，穿着厚厚的防护服，没有人能认识对方，全靠衣服上的自我标识。

"在合肥，阿姨。"

"是安徽对吗？我看见新闻了，支援了我们50个重症护士的地方。"

"是的，我就是那五十分之一，我们都在这家医院各个监护病区里。"

"武汉人民感谢你们！安徽人挑大梁了！"

"地图上安徽与武汉相邻，有困难当然要第一时间过来！"

阿姨喊了我的名字：

"王叶飞！"

我的眼睛有点酸。

"对，是我。"

"你有没有20岁？"

"我 30 多了!"

"不信,看不出来嘛!"

我笑了。

"我穿成这样,您还能看出我的年纪吗?"

"你不懂,年纪大小就看眼睛!"

阿姨真是风趣!

我怕她说话多会喘,让她躺下。

阿姨说:

"今天感觉真的不错。"

于是,我站在床尾听她说她的故事:

"你看看窗外,有没有看见树林和一条河?"

我转头看向窗外。

"对面小区楼顶有小房子的那个!"

"嗯,看见了!"

"那就是我妈妈的家!"

住在这里能望向妈妈家的方向,我想她的内心一定是充满了对生的渴望和珍惜!

接着,阿姨开始说她生病后的故事。

元旦后咳嗽,自己大意了,拍了胸片当上呼吸道感染治疗了一周。以前爱跳舞,今年因为生病年底单位活动也没有参加。一周后咳嗽厉害,来到医院拍了 CT 发现肺部有病灶才确诊。

阿姨说她是一个幸运的人,1 月 10 日确诊后来金银潭医院住进了病区最后一张床位,后来严重了 1 月 15 日才来了重症监护室。这两天自己感觉又好了许多。

"谢谢你们,谢谢安徽人!"

"我们是医务人员,救人是天职,阿姨。"

"你们什么时候回家？"

"你们都好了，我们就走了。"

"来到这里家人多担心啊！"

我鼻子又酸了下，阿姨看不见我的样子。

"来，我们一起合个影！"

"阿姨，我们工作不带手机，都在外面统一存放，要出去吃饭休息才能用。"

"用我的手机拍！"

一个房间的队友用阿姨的手机帮我们留了影。阿姨加了我微信，让我出去加了好友再把照片发给我。

多么珍贵的纪念啊！

今天没有带梳子好好给阿姨梳梳头发。明天我夜班，一定带上用品去给她好好地整理整理！

武汉天晴了！我想阴霾很快会褪去。

这是我走进武汉金银潭医院重症监护室的第三天。以后的每一天，一定都会越来越好。

（来源：健康报）

"别慌，我来当你的眼"

编者按：袁艳青，河南援鄂医疗队郑州大学第二附属医院医疗队员，她在武汉第四医院工作，讲述了在同事的帮助下，克服护目镜上起水雾，给病人准确配换药的情景。

时间：2020 年 1 月 30 日　地点：武汉第四医院

下午 4 点到晚 8 点，轮我上治疗班，负责的是处理临时医嘱。今天岗位，就我一个人。

穿上防护服，整个人就像装进了塑料袋。忙了一会儿，护目镜上就起了一层水雾。大家都有，但是我的特别严重。

给病人配换药时，面前一大堆，根本看不清哪个是哪个。

病房里有 20 多位病人在等，

跟不上节奏，把药搞错，病房秩序就会大乱。越紧张越出汗，终于知道啥叫"汗流浃背"了……

天使也可能是男同事！关键时刻，同样来自俺们郑大二附院，刚给病区做完消杀工作的王高帅路过病房。

"别慌，艳青！我来当你的眼！"王高帅毫不犹豫地对我说，我知道，我得救了！

情况紧急，必须分秒必争。他对药品不熟悉，只能一盒盒、一瓶瓶念给我听。他说："药名儿从来没有像今天念得这么麻利！"说得我差点不紧张了！

找药、分药、核对，六七十种药品，很快被理好，可经过一阵忙活，防护服里面，两套衣服都全湿透了……

"感谢高帅老师，要不是你，恐怕今天要出乱子了！"我感激地跟他说。

王医生说话很温暖："来这里，咱们就是一家人，做一些力所能及的事儿，我也高兴！"王医生就像他的名字一样，真的又高又帅。

我们医疗队护理组组长张卫青常说，王高帅是我们的保护神！总能关键时刻出现。

王高帅确实是个热心负责的人，在微信群，他经常提醒大家，消毒液放在哪儿，按多少浓度配制，配制好后要倒入电动喷雾器中，把走廊和工作区域喷洒一遍，请为了自身安全一定要做好消毒……

今天，除了这件事，最高兴的，就是看到我 5 岁的小女儿。

视频那一端，女儿说："妈妈，奶奶说你现在是奥特曼？那你可一定要把坏人都打败啊，你可是我的妈妈呀！"

我四五天没见她了。我想起来出发前，我跟她说："妈妈要去武汉。"她很淡定地跟我说："那你可要做好防护啊！"

这小屁孩，知道的还挺多！

孩子天真的话，总会戳中我心底最柔软的地方！但天真也会坏事，只希望她别跟姥姥说，"我妈妈在武汉。"

希望家里人不要担心，等一切好起来，我们就回家！

（来源：人民网）

"不会害怕，因为我们训练有素"

编者按：黄媛，广东省第二人民医院急诊科护士，她的孩子只有 11 个月大，得知前方人手紧张，她给孩子断了奶，和先生一起奔赴抗"疫"一线。

我叫黄媛，来自广东省第二人民医院急诊科，在得知疫情发生的第一时间，我和我先生出于本能反应，报名加入了抗击新型冠状病毒的防控工作。

我们来到抗击新型冠状病毒肺炎的最前线、来到武汉，并不是因为我们伟大，只是在国家需要、人民需要的时候，我们刚好可以。我们现在已经为人父母，也希望能给宝宝做个榜样，希望她长大后能成为一个懂得感恩、对社会有用的人。现在，我的孩子由婆婆和姑妈帮忙照顾，我的家人让我放心去一线，他们都很支持我和我先生。

我已经在急诊科这个岗位上工作了八年多，当初学医是因为我外婆病重、我们全家没有一个学医的、当时觉得很无助，而且我外婆的遗愿也是希望我当一名医务工作者，所以，在填报志愿的时候，我第一志愿就选择了学医、当一名护士。

为了抗击这次疫情，很多人都在默默付出，而我是一名医护人员、国家紧急医学救援队的一员，2018年，我还获得了广东省优秀团员称号，现在又是一名党员，我想，我更应该为武汉尽一份力。

我们这个团队有60人，他们都是非常优秀的医护工作者，年纪最小的是95后，她叫刘雪岩，她告诉我，作为一名共青团员，一名医务人员，现在国家有需要，武汉有需要，患者有需要，她一定立马披上"战甲"去守护他们，2003年非典的时候，她还是个孩子，是医生和护士保护我们免受病毒的侵害，现在他们保护的孩子已经长大了……

余延辉是放射科年纪最小的医生，也是省二医的国家紧急医学救援队队员。疫情到来时，他第一时间主动报名赴武汉参加救援工作，今年年初患细菌性肺炎刚痊愈的他，报名的时候没敢告诉家里的父母，怕老人家担心。直到2月3日晚上6点，突然接到紧急出发的通知，才匆匆跟父母电话道别。老人家担心他此行危险，不让他走，他对父母说："爸妈不用怕，假如我倒下了，我的同事会救我"，随后背起行囊，随应急救援队连夜冒雨出征武汉。

与普通的医务人员相比，作为国际应急医疗队队员，除了具备基本的急救技能外，还应具有良好的心理素质和强健的体魄，同时具备在野外生存的能力。我们都一专多能，在有需要的时候可以互相替补。每年我们都会定期开展两到三次的户外演练。因此，面对的这种特殊情况让我们立即出发，我们并不会害怕，因为我们训练有素。

你说我不担心吗？怎么可能。担心肯定会有，但我相信，只要做好防护，就不会被传染。我现在的愿望就是出去后可以好好和家人团聚，放心大胆地抱抱宝宝、亲亲宝宝。

（来源：人民网）

"我在病房里也更注意和病人的交流，多开解他们"

编者按：邹炎华，广西援鄂医疗队成员，广西江滨医院呼吸科护士，他在日记中记录了那些普通患者的心态以及他的对策：在做好防护的基础上，尽量多跟患者进行一些"有温度"的触碰，给他们一点支持，让他们知道自己没有被妖魔化。

来到武汉，入驻黄陂区中医院，脱离了我们熟悉的环境，手边也缺少一些熟悉的用品，加上当地的病房改造不是很彻底，我都还在适应中。

这两天里，我最不适应的，其实是患者的心态：面对这种新型疾病，我们的医护人员都在努力，反而是有的病人有点自暴自弃，精神状态很差。

学医、从医以来，我接触过的病人也不少了。以前碰到的很多病人，即使身患重病，但是还是保持了乐观的心态，一直在积极地接受治疗。来到武汉以后，我发现一些病人的病情真的不算严重，只是发热感冒的症状，但他们的心态很差，心理压力很大。

说得严重一点，他们比一些得了绝症的病人心态还要差。我今天在病房碰到的一位男患者就是如此。

这位患者不过四十多岁，还属于"当打之年"。但交流的过程中，他总给我一种很消极、很绝望的感觉。他说，他有两个孩子，小儿子三岁了，但自己得了这个病，见不到他们，以后也不知会怎么样……

说着说着，他眼泪都快流出来了。

我当时就安慰他说，其实你的情况很好啊。你才四十来岁，身体条件、状态都很好。你就正常地在病房里生活，配合我们治疗就可以了，真的不用过于担心，更没必要像现在这样每天躺在床上一动不动，反而越想越多，越来越担心、害怕。其实精神状态好了之后，这种病对你来说，就是一个发烧感冒而已。

后来，这位大哥去卫生间洗了个澡，换了身干净的衣服。我后来再去看他的时候，感觉他的精神状态就好一些了。

我上班时，还有一位阿姨摁铃求助。我进去查看时，她说自己肚子胀气。

在交流中得知，这位阿姨只记得自己晚上吃了饭，但是由于心慌意乱，吃了什么也不知道、不记得了。而且入院至今，除非是上厕所，否则她就一直在床上躺着。

当时我有点哭笑不得：要是我整天就在床上吃了睡、睡了吃，长此以往，我也不舒服啊。

我开解她说，就算不能走出去，你也可以在病房里溜达一下。这样吧，你现在病房里来来回回走半个小时，如果还是不舒服就再找我。

直到我下班，这位阿姨也没再摁铃求医了。

这些事情都让我挺感触的。我自己是医务人员，对疾病和治疗方式方法有所了解，所以心态比较轻松。但很多病人缺乏健康宣教，面对疫情快速传播的趋势、被隔离的状态，尤其是进了监护室，心态就有点崩了，简直是一动都不敢动了。

发现了这个问题后，我在病房里也更注意和病人的交流，多开解他们。除了给他们一些语言上的鼓励外，还尽量在做好防护的基础上，跟他们有一些有"温度的"触碰，比如拍拍他们的背、拍拍他们的手，给他们一点支持，让他们知道自己没有被妖魔化，可能他们心里就会好受很多。

　　我觉得，这次疫情，其实也让我们看到了对大众进行医疗科普的重要性。疫情出现了，不用太担心，做好隔离防护，我们一起来守护武汉，打赢这场战役。疫情过去后，希望大家也不要忘记教训，既要学会自我保护，也要学会自我开解。

（来源：南国早报）

"我们既然来了，就不怕靠近你"

编者按：周柳吟、严娇，重庆市急救医疗中心第一批援鄂医疗队重症组成员，她们讲述了在湖北省孝感市中心医院救治重症患者的经历。

"姐妹们，今天我们终于要上战场了！要雄起哦！"天刚蒙蒙亮，我操着一口重庆话，给大家加油打气！

大家相互提醒，反复叮嘱，互相整理头发。早餐吃了一个鸡蛋，啃了两口面包，就匆匆解决了，大家似乎都很默契，不喝水，因为喝水就会排尿，排尿就要换下防护服，现在医疗物资太宝贵了，经不起浪费！收拾好行装，七点半，我们重症组四人出发，地点是孝感中心医院感染楼二病区！

一切准备就绪，我和严娇、冯媛媛三人进入隔离病房，莫如利在病房外辅助，负责处理医嘱和物资传递，跟夜班同事进行了工作和物资的交接后，我们投入了这场没有硝烟的抗"疫"战斗！

二病区一共 36 位患者，其中两位是病重患者，其余患者整体状况较好，了解了患者基本情况后，我们对今天的工作做了简单分工，便开始在病房穿梭起来。

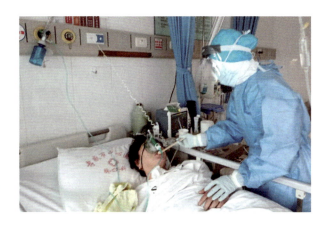

严娇在隔离区照顾患者

穿上密不透风的防护服，我们汗流浃背，戴上防护口罩，非常的憋闷，但是只要病人需要我们，我们便义无反顾，力所能及地满足患者的需求，给予他们帮助。当一名患者得知我们是重庆来的援鄂医疗队，紧紧地握住了我的双手，说道："谢谢你们能来救我们，你们要保重好自己，离我远点！我怕传染给你！"

我哽咽了，泪水悄然流下。穿上白衣的那天起，我们就是白衣战士，疫情就是命令，这个时候我们怎么会离你们远点呢，我们既然来了，就不怕靠近你，我心里默默想着。

四个小时过去了，我们还不停地穿梭在各个病房，汗水浸湿了我们的衣服，汗滴从我们的脸颊流下，耳边的呼叫铃还在响；六个小时过去了，我们不敢停下，因为手里的工作没做完，我们不能交给下一班的队友，每个班任务都重，自己的事情一定要完成了，才能进行交接，这是我们对自己的要求，也是我们一贯的工作作风。

从早上8:00到15:30，我们坚持了七个半小时，这时候确实已经体力不支了，交完班，脱下防护服，洗完澡已17:00，才想起我们还没有吃午饭，回到宿舍吃了热腾腾的泡面，简直是大写的满足！

希望疫情赶快散去，待到春暖花开时，我们相约武大看樱花。

（来源：人民网）

"尽管很艰难，但我们一定不会退缩"

编者按：何礼峰，贵州省援鄂医疗队队员，遵义医科大学附属医院医务人员，他和同事前来支援湖北鄂州市中心医院，他讲述了工作的场景。

2020 年 2 月 4 日，我们来到鄂州已经第八天了，早上 6:30，我挣扎着起了床，不禁打了一个冷噤，赶紧把外套拿来披上，这可不是感冒的时候，因为今天又有一场硬仗要打。

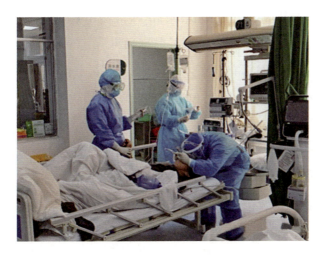

何礼峰和队友正在工作

217

简单吃过早餐后，我们于 7:10 集中出发去医院。换完防护服，已是 7:50。走进病房，病床都是满的，一个透析，六个呼吸机，还有两个等待透析，这就是我们三个人今天的任务。

接班、翻身、换床单、吸痰、调整呼吸机参数……一套标准接班流程下来，我早已汗流浃背。就在这时，我们发现有位病人病情较重，他不止有新冠肺炎，还有横纹肌溶解、肾功能衰竭等，而且患者无尿、高钾，内环境很糟糕，必须立即上透析。

刚上好透析，又来了一名呼吸急促的新患者，经过查血气，发现该患者严重酸中毒，必须立即插管、上呼吸机。我立即去协助连接呼吸机管道、找插管包、呼吸囊，另外 2 名队友去抽药，准备吸痰……一大早，我们已经忙得不可开交。

刚插好管，我已经累得不行了，刚想缓口气，结果刚上好的透析机开始报警了。原来是回输压力过高，我赶紧调整管道位置，寻找原因，重新预冲、上机，刚才那一幕又重新来一遍。

就这样，跑来跑去，忙这忙那，时间就到了 12:00。我心想，我的屁股终于有时间和板凳来个亲密接触了，坐下来低头一看，脚上的三层防护鞋套已经磨破，我已经感觉不到脚的存在了。

还好，终于等到战友来接班了，我抓紧时间给组长汇报了所有病人的大概情况，然后给病人翻身，查看呼吸机参数，特殊泵药。在交接最后一个病人的时候，我发现患者下腹部有点胀，一摸，肚子胀鼓鼓的。不对啊，难道是尿在膀胱里没流出来吗？但是我刚才明明给他倒了尿液的呀，还是不放心，我赶紧叫了值班医生过来。

一番检查后，确认患者是尿管堵塞了，我和值班医生沟通后决定立即给患者更换尿管。我把东西准备齐全，拔出堵塞的尿管，充分消毒后，将新的尿管放入尿道，一切还算顺利，眼看就要成功了，尿管插不进去了。我心里咯噔一下，糟了，患者肯定有前列腺增生类疾病，从而造成尿道狭窄，插尿管困难。我心想，常见的困难尿道需要小号尿管，但这里条件有限，怎么办？

又一次与值班医生沟通后，我决定再试一下，充分润滑，改变进管的角度，我试了一遍又一遍。终于，我艰难地插进尿管了，大家都为我竖起大拇指，看来我坚持对了。插完尿管，已经下午 2:00，出来换下防护服，消毒，洗手。这才发现我的耳朵已经被口罩勒得失去了知觉，双手也泡得发白，痛得我眼泪都快出来了……

尽管很艰难，但我们一定不会退缩。

（来源：人民网）

"三天下来，我整整瘦了4公斤"

编者按：赵信燕，甘肃省援鄂抗疫医疗队队员，定西市人民医院医生，她在日记中记述了瞒着母亲上"疫"线，3天暴瘦4公斤的故事。

年前就看到逐渐升温的疫情新闻报道，基于专业习惯和敏感，只要是和新冠肺炎相关的资料我都看了个遍，谁也没想到确诊和疑似病例数每天都噌噌往上蹿。

连续上班48小时，一觉醒来听到"集结号"

大年三十、初一两天在呼吸科连续值班48小时，接诊了八十多个门诊患者，除夕夜我和值班护士看电视，她看春晚，我特意收看各地支援湖北的新闻。

大年初二下班时感觉快体力不支了，回到家补了觉，看到微信群里医院的号召，我连夜向医院递交了请战书。

报完名第二天就通知出发了，虽然写请战书时有充分的思想准备，但通知来得这么快却是我始料未及的，当时还真有点怕。但面对肆虐的疫情，社会需要医务人员站出来，作为呼吸科医生更是责无旁贷。

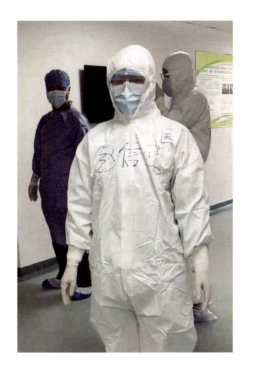

使命召唤，出征武汉

大年初三下午 3 点多，医院举行了简短的欢送仪式，简朴而不失庄严，医院和科里好多同事来送我们，科里同事给我带了防护用品和生活用品，我很感动。

本来鼓足了不哭的勇气，然而在那庄严的一刻，神圣的职业自豪感像潮水一般涌来，与对家人和医院大家庭的依依不舍交织在一起，突然一下就泪奔了。牵着师傅有力的手，我的心才定下，我爱这个大家庭的医护，他们给了我勇气，我为了大家而战。

同事们帮着我们拿行李，院领导一再嘱托去了那边做好防护，就像女儿出嫁时"唠叨"个不停的父母那样。送行的人流从门诊大厅涌向门外，同事们有的眼含泪水、有的眼眶红红的。

出发后好多同事、同学、患者及家属纷纷发信息，让我保护好自己，表达他们的关心，我觉得自己做的这个决定是对的，为了关心我的人，上了一线，我无怨无悔。

瞒着母亲去武汉

去武汉的事，我只给丈夫和哥哥姐姐说了，没敢跟母亲说。父亲去世的早，母亲身体不好，遇到事就睡不着觉，怕她知道了为我担心。

然而仅仅过了两天，在临洮县老家的母亲还是知道了这件事。我们走后的那两天，定西五名医疗队员支援武汉的新闻在网络上疯传，一位邻居打开"快手"让母亲看，说你英雄的女儿上"前线"支援武汉了。这件事终究没有瞒过她。

那晚我在宿舍，母亲用微信视频联系到我，手机那头的她流着泪，两只眼睛又红又肿，我劝了好久才平静下来，她说既然你是个医生，又是呼吸科的，国家疫情形势现在这么严重，支援武汉是你的职责，让我好好治疗病人，同时保护好自己。

3 天瘦了 4 公斤

到武汉后，经过诊疗方案和个人防护培训，第二天我们就进到病区了，第一个班我们组收了五个疑似肺炎患者。

我们轮流上班，每班大约需要十小时左右。多层防护服、口罩、帽子、鞋套，我们全副武装，穿戴整齐既费时又费力，N95 口罩会压鼻子，眼罩里会有雾气，开医嘱写病历会受限，动作不如平时那么灵巧。

每班上班前就得少喝水，不然坚持不了十小时，喝多了水中途得上卫生间，重新穿戴麻烦不说，还要浪费一套防护服。一个班下来体能消耗很大，每次下班脱掉防护服，又饿又累，脸上被勒出深深的印痕，双手都麻了。

我们医生一天半一个班，体力刚缓好一点，又上去了，三天下来，我整整瘦了 4 公斤。

（来源：凤凰网）

"等我平安归来，以后的
日子里我照顾您"

编者按：卫夏利，宁夏回族自治区援鄂抗疫医疗队队员，银川市第一人民医院医务人员，她在湖北宜城市人民医院给母亲写了一封信。

今天是来湖北的第 5 天，工作慢慢步入正轨，原谅我决定援鄂的时候没有告诉您，我是怕您担心。当您知道我来湖北的时候，您没有一句责怪

的话，只有五个字"妈妈支持你"！短短的五个字，写出了您对我的关心和担心。从我呱呱坠地开始，您就开始为我操劳了，在我的印象中，您不善言谈，总是默默无闻出现在我的身后，无微不至照顾这个家，从来没有听您说过一句怨言。

因为我是一名军属，生完孩子后，您又肩负起为我照顾小孩的责任，我现在工作了，您本应该享福的，却为了我

的孩子又开始操劳，害怕我工作累，总是帮我把家里收拾得干干净净，下班回到家总是能吃上香喷喷的饭菜。我的老家在陕西，工作在银川，就这样，您带着小孩从银川到西安，从西安返银川来回奔波，为此整整坚持了四年！

这世上哪有什么岁月静好，不过是有人替你负重前行。感谢您为我们负重前行守住小家，我和爱人才可以负重前行为岁月静好贡献自己的一份力量。我们不是生而无畏，而是对生命值得敬畏，有我们在，没有什么打不倒的病毒！最后我想说，母爱是无私的，是用金钱买不到的，谢谢您！现在，我的孩子也长大了，等我平安归来，以后的日子里我来照顾您！

（来源：人民网）

"欢迎来武大看樱花"

编者按：杨建中，新疆首批支援湖北医疗队重症医疗组组长、新疆医科大学第一附属医院急救·创伤中心急诊科主任。他在正月十五那天写了《十日》这首诗，这首诗歌是他在接诊病人的第十天写给一起奋斗在武汉抗疫一线的战友们，写给那些被他们救治的新冠肺炎患者的，病毒无情，人有情。

十 日

十日，人生非常短暂的时光，

或许，会是家人团聚，开开心心，

或许，会是情侣蜜月，卿卿我我，

或许，会是朋友相聚，意气风发，

或许，会是情趣相投，心有灵犀；

十日，人生非常漫长的时光，

或许，会是亲人的思念，牵肠挂肚，

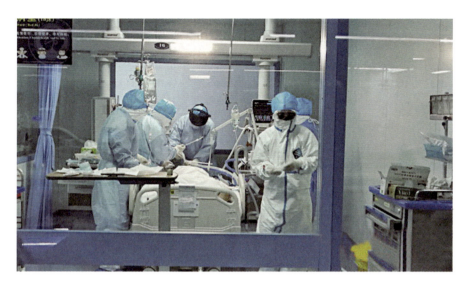

或许，会是爱人的相思，度日如年，

或许，会是友人的挚念，回味无穷，

或许，会是精神的考验，严酷无情；

这十日，

对于您，

新疆医疗队，

是出征千里，驰骋江汉，勇战病魔；

这十日，

对于您，

新疆医疗队，

是未雨绸缪，分秒必争，风檐寸晷；

这十日，

对于您，

新疆医疗队，

与武汉同道一起并肩作战，

为全国同道们争取了时间，

与患者一起跟病魔殊死博弈，

为患者朋友们带来了希望；

"我会好起来的，等我好了，我带着两个孩子去看你，谢谢！"

"欢迎来武大看樱花"……

多么朴实无华的语言，

难道不是十日中最美的语言么？

十日，无情，

十日，有情。

（来源：人民网）

"听说我们是解放军的医生，他松了一口气"

编者按：刘丽，陆军军医大学第一附属医院（西南医院）医护人员，大年三十那天，已经过了机场安检，准备去外地看女儿的刘丽被医院召回，当晚又紧急登上来武汉的飞机。2月2日环球时报—环球网赴武汉特派记者前往军队支援湖北医疗队某驻地对刘丽进行专访，听她讲述参加抗击新型冠状病毒感染肺炎疫情十天以来的心路历程。

记者：您这一次来武汉参加一个形势如此严峻的抗击疫情的行动，请问您到达武汉之后是怎样一种心情？

刘丽：说不出来，真的说不出来，那天晚上刚到的时候就觉得……心里就莫名有一种什么都说不出来的感觉，跟以前来旅游感觉完全不一样，看见大街上一个人也没有，空荡荡的，感觉自己来到武汉是承担了一种使命。

记者：每次和您通话都能通过您沙哑的声音感受到您特别疲惫，请问您现在的工作状态是怎样的？

刘丽：因为我们是要直接接触病人的，所以接触病人的时候要穿上三

"听说我们是解放军的医生，他松了一口气"

级防护，穿上以后人会特别累，根本就喘不上气，所以我们在"红区"（重症监护室）里待不了多长时间，我们倒班倒得比较多一点，我们护理都需要 24 小时有人在岗，所以我们是日夜倒班进行，这就需要熬夜，所以会比较累一些。

记者：您来武汉参加抗击新型冠状病毒感染肺炎疫情时，一张打针的照片红遍网络，请问您能为我们介绍一下当时的情况吗？

刘丽：那天其实出组是很快的，那天是大年三十，我记得很清楚。那天早上应该是五点多钟，我在机场，我已经过安检了，准备去外地看我女儿，刚过安检就接到医院给我打电话紧急召回，当时其实心里已经知道大概是什么事了，就立刻回来。回来以后我们立马召开紧急动员会，开了会以后让大家准备东西。我刚开始还以为那天不会走，我还跟我的朋友在聊天，说我一个人大年三十在重庆，要不我到你家来蹭顿饭吧，结果临到吃饭的时候医院说准备出发。当时打针我也不知道打的是啥，每个人都打了针，我猜可能是打给我们提高免疫力的药物。打了针说走就走，那天行动很快。其实在大年三十以前，我们作为医务工作者，对于这类事还是比较敏感的，我就在跟我们同病区的几位同事聊天，我说，我们会不会有医疗队过去啊，或者说提前结束休假啊什么的，我们应该会有所反应，心里已经有所预感了。所以那天早上接到电话，看到是医院打来的电话时，就大概知道是怎么回事儿了。

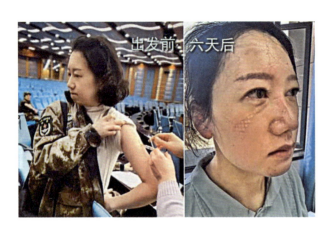

出发前　六天后

记者：您在来武汉参加抗击新型冠

状病毒感染肺炎疫情之后，又一张照片被媒体贴出，照片上您因为长时间佩戴医用口罩，脸上都已经出现了很深的压痕，看起来非常憔悴，您在来到武汉之后因为长时间的高负荷工作，面对许多痛苦的病患，您的心情发生了怎样的变化？

刘丽：最开始来武汉，担心和害怕肯定会有的，因为面对这种疫情，我们又直接深入到一线，我跟我们的队员聊天的时候，其实都还是聊过这些危险，但是我们作为部队的医务工作者，来了以后我们要干什么，其实大家目标都是很明确的，后来我在跟同事聊天的时候就在说那么"既来之则安之"吧，既然来都来了，我们就做好该做的事。其实不光是我脸上有压痕，我的同事，很多同事出重症监护病房后都一样，有的比我更严重，只是说刚好那天没有被拍到而已，我们大家都一样。我觉得既然来了我们就努力把事情做好，早点完成任务。

记者：您来武汉参加抗击新型冠状病毒感染的肺炎疫情时和家人有过沟通吗？

刘丽：我走的时候，我爸妈还有我女儿都不在重庆，他们在外地，我没太敢跟他们细说，因为老人知道了肯定会担心。后来因为宣传报道，他们知道了我来武汉抗"疫"一线了，家

里很多亲戚看到了新闻，看到军队支援湖北医疗队要来武汉支援，我又不能去陪他们，他们大概就猜到了。我没跟我爸妈说，我们会在金银潭医院（武汉市突发公共卫生事件医疗救治定点医院，本次防治新型冠状病毒感

染的肺炎疫情的主力医院），直到后来他们才知道，还好我爸妈他们还是比较相信我。

记者：您的家人肯定十分担心您的近况，您现在每天会和家人视频吗？

刘丽：我不敢，我怕跟他们视频我会忍不住，我女儿会给我发来一些语音说"妈妈加油"，我听了很心酸。

记者：您来武汉参加抗击新型冠状病毒感染的肺炎疫情的过程中有遇到让您感动的瞬间吗？

刘丽：其实感人的事情每天都有，每个队员进去都会遇到很多，毕竟得这个病之后大家还是很渴望自己能够早日康复的。特别是听说我们解放军的医疗队来了，大家更加期待了，这些病患的情绪我们都理解，有的病患比较焦急，其实我们都理解，毕竟我们平时在临床工作的时候，也都遇到过各种各样的病患，我们都理解。有的病患特别配合，跟我们竖起大拇指的时候，我们也特别感动。有一天上班，大概是快到晚上 12 点的时候，我和同事正在值班，结果一下子来了 6 名患者。当时他们到的时候，我们需要收集身份证信息，他们都特别配合，有一个患者就问我说："您是不是解放军的医生啊？"我当时穿着很厚的防护没法跟她们说太多的话，因为特别"憋气"，我就比了个 OK 的手势，告诉她我们是解放军的医疗队，那个人知道后感觉就松了一口气，这件事给我触动很大。

还有就是我看到他们身份证上的年龄信息，他们很多人其实和我父母的年龄都差不多，我就在想，其实这个时候，哪家父母不愿意自己子女陪在身边啊，我爸妈当时送我学医，也是想让我在危急的时候能多陪陪他们，结果每当遇到这个时候，我都不在他们身边陪着，我那天晚上就感觉特别心酸。

记者：您作为一名此刻奋战在武汉抗"疫"一线的解放军医务工作者，请问您对广大的武汉市民有什么话想说？

刘丽：我想说的是，我们真的特别尽力，我们既然来了，就会努力去做，我们想武汉早点把这场劫难给扛过去。我也希望武汉的市民，包括全国的市民，能听从政府的劝告，这段时间是非常时期，能待在家里就不要出去，我们已经做了很多了，我们相信会成功的。

（来源：环球时报）

"军人就要上战场，我的专业能用得上"

编者按：仲月霞，空军军医大学唐都医院门诊部主任；王新，空军军医大学唐都医院消化内科主任，他们是空军医疗队赴武汉医疗队中的"夫妻档"，共同踏上抗击疫魔的征程。

1月24日，解放军医疗队身着迷彩的队员们成为2020年除夕夜最美"逆行者"。空军军医大学唐都医院门诊部主任仲月霞背起行囊，冲着送行的队伍摆摆手，和爱人王新相视一眼，目光中有鼓励、有支持。比了个胜利的姿势，夫妻二人一起登上飞机奔赴战场。他们是空军医疗队赴武汉医疗队中的"夫妻档"，共同踏上抗击疫魔的征程。

1月22日，唐都医院被陕西省确定为新型冠状病毒感染肺炎第一批定点医院的第一梯队。有丰富防控经验的仲月霞立即组织门诊部人员多次进行防控培训，并把培训好的科室人员分派到传染科和急诊科，进行传染病人护理和预检分诊支援。听闻要驰援疫区，经历过援非抗埃、非典、腺病毒救治等十几次重大任务的仲月霞毫不犹豫地向组织递交了申请书，她坦然地说："没想那么多，执行了那么多次急难危重任务，肯定要上。这是一种本能，就像战士听到了冲锋号。"

唐都医院门诊部主
任仲月霞和丈夫消化内
科主任王新同赴前线共
同战斗

1月24日凌晨4点多，仲月霞接到紧急出征命令，将和队友组成空军医疗队飞往武汉。夜色倦浓，同是军人的丈夫王新起床帮她收拾行囊。作为唐都医院消化内科主任的他，已经习惯妻子多年的紧急出征。王新一边往仲月霞行囊里塞酒精，一边叮嘱："照顾好自己。家里放心，天亮了我去给咱爸上坟，再把妈接回家过除夕。"王新知道，岳父去世没多久，85岁的岳母身体不好，原本仲月霞都订好了春节去成都的机票陪母亲看病，接到出征命令赶紧退了机票。无须嘱托，陪好老人是夫妻的默契。

天未亮，雷厉风行的仲月霞已经背上行囊准备去科里再转一圈。王新打开手机，在群里落实科室人员休假情况。突然一则国内消息跳出，"发热咳嗽并非新型肺炎唯一首发症状，还存在消化系统、神经系统等症状。"他没有片刻犹豫，立即拨通电话向组织提出申请加入医疗队。作为国内消化病学方面的专家，他希望能尽一份力阻击疫魔。

谁知院里却拒绝了他的申请："家里80多岁的老人需要照顾，如果去的话你们夫妻去一人就可以了。"

面对领导和战友们的善意提醒，王新的心里很温暖，但态度依然坚决："军人就要上战场，我的专业能用得上。"

除夕当晚，王新和仲月霞携手踏上武汉，并肩战斗在疫区。仲月霞笑着说："工作三十多年，这是第一次和爱人一起上战场，今年我们也算过了个团圆年。"

和队友到达之后，面对新环境和新病种，作为从事护理工作三十年的老护士长，仲月霞立刻与对口支援单位进行对接，了解医院布局、人员配备、物资装备情况，清点分发防护用品，同时对队员展开防护知识和操作技能培训，完善防护流程。凌晨3点，她还与医疗队成员一起讨论，根据考察情况制订支援医院改造方案。

虽然同在一支医疗队，夫妻俩却碰不上面。王新进入一线，全力投入到救治工作中。他和唐都医院呼吸内科傅恩清副主任一起负责进驻医院一层隔离病区。隔着口罩、护目镜、防护服、隔离衣、手套，每一张床前都要仔细查看患者情况，并根据病情的程度指导制订方案。等查看完病情，将近3个小时过去了。王新人都几乎虚脱了，靴子里都能倒出水来，但他依然保持高度警惕："虽然任务艰巨，但使命光荣，我们有信心打赢这场健康保卫战！"

（来源：人民网）

视 频 索 引

编者后记

本书由国家卫生健康委员会宣传司与人民出版社共同策划编写。本书收稿日期截至 2 月 7 日，印刷前又增加了三篇文章，分别是《"四大天团"武汉战"疫"记》《"最美逆行者"中的台胞身影》《出征！钟南山、李兰娟、王辰三大院士团队在抗"疫"一线》。

全书由辛广伟、宋树立同志总统筹，陈鹏鸣、米锋同志协助统筹，参加编辑工作的有陈光耀、金婷、余平、沈闰州、刘敬文、李源正、曹丹、熊一丹、张潇丹、关晨光等同志，参与本书设计制作的有肖辉、林芝玉、胡欣欣、严淑芬、杜维伟、王春铮、汪莹、庞亚如等同志，参与本书视频剪辑的有刘彦青、安新文、王新明、詹学鹏等同志。

书中不妥之处，敬请读者批评指正。

2020 年 2 月 18 日

责任编辑：陈光耀　余　平　刘敬文　李源正
　　　　　安新文　刘彦青　王新明
封面设计：林芝玉
版式设计：胡欣欣
责任校对：吕　飞
封面作品：袁汝波
扉页作品：侯　震

图书在版编目（CIP）数据

最美逆行者／国家卫生健康委员会宣传司 编 . — 北京：人民出版社，2020.2
ISBN 978 - 7 - 01 - 021876 - 2

I. ①最… 　 II. ①国… 　 III. ①纪实文学 - 作品集 - 中国 - 当代 　 IV. ① I25

中国版本图书馆 CIP 数据核字（2020）第 026056 号

最美逆行者

ZUIMEI NIXINGZHE

国家卫生健康委员会宣传司　编

人民出版社 出版发行

（100706　北京市东城区隆福寺街 99 号）

北京雅昌艺术印刷有限公司印刷　新华书店经销

2020 年 2 月第 1 版　2020 年 2 月北京第 1 次印刷

开本：710 毫米 ×1000 毫米 1/16　印张：15.5

字数：202 千字

ISBN 978 - 7 - 01 - 021876 - 2　定价：38.00 元

邮购地址 100706　北京市东城区隆福寺街 99 号

人民东方图书销售中心　电话（010）65250042　65289539